山手線

定年前のある日、
ふるさとへ向かった

目次

一　朝の電車

日が差し込んでいないのに、ブラインドを半分おろして、向かいの席に女が座った。車内はいつものように立つ人が増え出した。サンダルから素足が見える。差し込む光の中で、足の白さとペティキュアの赤に一瞬、ハッとさせられる。

仙太郎はふと、塗るときはどんな格好だったろうかと考えていた。きっと半裸で、体を折り曲げ、うっすらと汗ばんだ横腹には、張りのある若い皺が刻まれていただろうと思った。

仙太郎は最後が投げやりな性格だったが、なんとか六〇歳の定年まで勤め、その後五年間嘱託として働いている。そのことにほっとしている自分を、朝の電車の中でときどき感じていた。しかし、その嘱託もあと数か月で終わろうとしていた。職場では闇の中の恣意的評価と言われる人事考課で一時心身を病んだが、今は徐々に治りかけている。嫌なことは極力小さく見て、自分の幸運だけを見つめ、人生の最後をなんとか生きろうと考えていた。

そもそも、世の中になかなか出られなかったんだからなあと思い出す。大学卒業後のことを考えなければならないときに、同級生に片思いをした。他人とろくに口もきけず、将来性のある姿が見えないのに、いくら焼けつくような思いを手紙にしたためても、相手はこちらを向いてはくれなかった。社会に出ていけないための悪あがきに過ぎなかったのだ。

卒業が近づいてきていた。このまま試験を受けると卒業に必要な単位に達し、学校から押し出されてしまうと思った仙太郎は、そっと一人教室を抜け出した。そのとき、背中を押したのは『ドクトル・ジバゴ』という映画だった。

映画は人生を貫くほどすばらしかった。

氷結した湖上の果てに、難民が黒い点として現れ、やがて疲弊した白軍の騎馬隊とすれちがう。

「どうしたんだ?」

小隊長は歩みを止め、騎乗から難民の女に聞く。物憂げにゆっくりと顔を上げ、呻くように答える。

「村を焼かれた」

「レッド・ソルジャーか、それともホワイト・ソルジャーか?」

村を焼いた近くにいるかもしれない軍隊は革命軍か、それとも友軍の政府軍かを探るために聞いたのだった。女は限界に近い苦悶の表情をもう一度ゆっくりと小隊長に向け、睨むようにひと言残し立ち去っていくのだった。

「ソルジャー」

村を焼かれ、難民となって氷上をさまよっている者にとって、政府軍も革命軍も同じなのだ。戦争とは村を焼き払い、村人を追い払い、生死をさまよわせるもの、それが実相であることをスクリーンは語っていた。

その様子を騎馬隊の最後尾から見ていたジバゴは、すれちがう二つの集団をやり過ごして動けない。一人残ったジバゴは、白一色の雪の氷上を直角に脱走していくのだった。

映画館を出た仙太郎は、ジバゴが氷上を一人脱走していくように歩を進めて歩いた。こうして、留年が決まった。いい気なものだった。

世の中を頭の中で否定的に捉えていたあの頃、もしクリプトクラシー（盗賊支配国家）という言葉を知っていたら、もう少し自分を確立して意識的に世に出ていけただろうかと、今になって思うことがあった。

しかし、答えは否のように思う。世の中を汚物の堆積と見なし、同級生をその汚物に合流する同じ汚物と見て、とにかく先にいかせ、一刻も早くみんなと離れ一人になりたい。そこからすべてがはじまるのだという感情的なモラトリアム、一種のノイローゼの中にいただけなのだろう。そして、なにより過保護な親をだませると確信していたことが、本当のところであり実行したのだった。

一年遅れの卒業後も、昼夜をひっくり返して生活していた。お昼のワイドショーを見ながら、父母と一緒に昼食をとった。気が向くと、近くの河原に散歩に出かけた。

寒風の土手で、たくさんの荷物を持った男とすれちがった。その男の苦痛の表情にふと神々しさを感じ、強く引きつけられたことがあった。

そして眠れぬ孤独な夜、輾転反側の果て、生の否定として殺意が生まれた。その殺意が外に向かったときには、広大な宇宙から見れば、偶然誕生した小さな惑星の上に、これまた偶然起こった化学物質の泡がたまたま消えるに過ぎないと、人類が永遠に消滅するボタンを何度も押していた。そしてその殺意が内に向けられ、自分がいなくなればどんなに楽になるだろうかと何度も思った。

二　アルバイター

過保護な日々の果て、「人はやはり額に汗して労働をしなければと、田に出るか、工場に出るか」と自分に問うていた。

無人島で自給自足の生活をする以外、他者との労働に関わって、共生するほかはないのだと思った。

製缶工場を皮切りに鋳物工場、サッシ工場、製パン工場、配送、そして内装工事と転々とし、アルバイターと自称していた。

製缶工場ではカンビールの開け口をつくった。はじめてということもあり、慣れるまではつらかったなと思い出す。朝の八時から夜の八時まで、午前と午後の一五分、昼食と夕方の軽い夜食時の三〇分以外は、大きな機械の前に立ち通しだった。

貴重な一五分の休憩時間がきた。しかし、工場の中にも中庭にも腰をおろして休むところはない。資材の上に腰をおろして休んでいると案の定、年配の本工から注意を受けた。製品こそが経済の根幹をなすもので、それに一生をささげて働いてきたのだ、という自負心に裏打ちされた顔があった。その日の夜、工場と工場の屋根の間から見えた星の一つを、なぜか記憶に残こそうと思った。

鋳物工場では、期間従業員として中子《なかご》をつくった。型に砂をいれ、ストーブで乾かしてつくるので、夏でもストーブがつけっぱなしだった。そばには塩が置いてあった。できあがった中子は、別の作業場に運ばれ、鋳型の中にいれられて、湯と呼んでいた高温に溶かされた金属が注がれる。固まったら中子は元の砂に戻されて外に出される。空洞をつくるのが役目で、石油コンビナートのパイプのコーナーなどになる。

仙太郎には、小柄だが、がっしりとした見るからにエネルギッシュな班長が仕事を教えてくれていた。ある日、班長ができあがったジョイントを抱えて飛んできた。

「いやー、参った、参った。ほら、嶋田君、バリだよ、バリ……」

そう言うと、ジョイントの中を見せられた。奥に向かって、魚の背びれのような突起物が並んでいた。

「あー」

「まあな、こうなっちゃうんだな……」

班長は仙太郎の顔を見上げている。砂をしっかりつめたつもりだったが、あれではまだ足りなかったのだと思い出していた。

「いやー、すいません。これ、ダメなんですか?」

「削るんだよ」

そう言うと、班長は見せて、わかればいいんだよと、それ以上は何も言わないで、ジョイントをかかえてスッと消えてしまった。

班長はその後も今までと変わりなく、ときどきそばにきて仕事をしながら、工場の色々な人のことをおもしろおかしく話してくれた。

あるとき、班長と並んで仕事をしていたときだった。

「幸子、どうした」

「ニワトリが卵産んだよ」

「そうか。うちの娘の幸子」

仙太郎が顔を上げると、作業着にヘルメットをかぶった小柄な二十歳前後の女と、ニワトリを抱えた背の高い男がこちらを見ていた。

工場の隅に鶏小屋でもつくって、みんなで飼っていて工場側も黙認していたのだろう。

「あれ、娘の婚約者」

二人はニワトリを抱えて持ち場に帰っていった。

そんなある日、いつものように班長と並んで中子をつくっているときだった。

「オレ、センソウデサンニンコロシテキタンダヨ」

突然、なに？　と思いながら体に緊張感が生まれた。

「歩兵だったんで、荷物が重いから昼間は捕虜に持たせて前を歩かせるんだ。夕方、村に着くと井戸に連れていって、ズドーン。危なくって、夜眠れねーからなー。いやー、負けたときには、日本につくまでじっと隠れていたよ、アハハハ……」

ヘルメットで視線を読まれないようにしながら班長の手を見ていた。肉厚で小さく、意外に白い手だった。この手が、ズドーンと……。やらなくてもいいのに、中国人三人を殺してきた手なのだと思ったとき、砂をつめながら体が堅くなっていくのを感じた。

「いやー、ここだけの話だけど、捕虜以外にも屋根から逃げるやつをずいぶん撃ち殺したんだよ。村に着くと食べられるものを集め、若い女は別にして、一軒の家に村人を押し込めて、出られないようにしてから火をつけるんだ。それでも、屋根から逃げようとする奴がいて、撃ち殺して、女は犯してから撃ち殺して、それから飯だよ……」

「エッ」

と、思はず声を出してしまった。頭の中が殺戮と強姦で満杯になって、体がさらに堅くなっていた。班長はそれに気づいてか、話しをやめた。

「いやー、ごめん、ごめん。たまに誰かに話さないと、苦しくなってなー。悪いことをしたんだよ、聞かなかったことにしてくれよ」

このとき思った。一人一人がもし班長の立場だったら、どう行動したかが問われているのだと。

一日中、満州の平野を行軍し、夕方にやっとたどりついた村で女性と食べ物に出会い、性欲と食欲の箍《たが》が※三光作戦によってとっぱわれたのだ。班長を特別な人とは誰も言えないのかもしれない。

戦争とは弱者に生き地獄を与え、人間を悪魔に変えるものなのだ。大切なことは戦争の実相を知り、美化や肯定はありえないことと心に刻み、同時になぜ戦争が起るのか、どうすれば避けられるのかを考え続けることだと思った。

そんなある日、隣の鋳造二組の作業場から異様な匂いが漂ってきた。工場中がその匂いに包まれた。回転注入法で、筒状の細長い鋳型を回転させながら、一五〇〇度の湯を注入しているときに突然湯が飛び出して、一人の正規従業員と佐渡島からきていた二人の季節従業員が浴びてしまったのだった。

工場の中に救急車のサイレンが鳴った。匂いは消えたが、代わりに重い空気が流れ出した。体の半分以上に湯を浴びてしまった正規従業員が亡くなったことが伝わってきた。幸子の婚約者だった。残りの二人も大火傷を負った。

しばらくすると、原因不明のまま神主にお祓いをしてもらい、遠心分離法は再開された。

仙太郎は契約の期間が終わり鋳物工場をやめた。

※日中戦争中に日本軍の陸軍、特に北支那方面軍などが一九四〇年八月以降、中国華北を中心に、抗日ゲリラ対策としてその根拠地へいったとされる掃討作戦。

三　定職探しに火がつく

アルバイトの切れ目だった仙太郎は、することもなく深夜の底で、別れた年上の女のことを考えながら呼吸をしていた。すると、数少ない友人の一人が裏の入口から突然はいってきた。仕事の苦情で真夜中まで工場につめていたのだった。その疲れた友人の顔が、社会人になって働くって大変なことなのだと語っていた。その単純さに対して先制攻撃をかけた。

「働くって、暇つぶしになっていいな」

友人は一瞬言葉をつまらせたが、帰り際に反撃の言葉を残した。

「おまえはもう、だめだな」

ぼそっとつぶやいたその言葉が火をつけた。よし、それなら定職に就いてやろう。しかし、本当のところは、マンションの内装のアルバイトからはじまった大家の女性との出会いと別れだった。青春のエロスが、解放と突然の封印とを経験し、エネルギーが行き場を探していたのだった。

九〇年代後半からはじまった就職氷河期や、非正規雇用の増加する現代では無理だったが、あの頃はまだ定職に就くチャンスがあったのだ。

『魔の山』（トーマス・マン）の主人公が「世の中を知り、しかもそれを軽蔑しないこと」と山をおりて、社会に出ていったのとはもとよりちがっていた。

四　朝のトイレ

定職に就き、通勤がはじまった。電車に乗ってしばらくすると、今日こそは大丈夫と家を出たのに、トイレ渇望型の出社拒否症候群に襲われた。今でいう過敏性腸症候群だ。

水戸様の外括約筋は随意筋なのだからと、渾身の力を一点に向けて栓とかす以外にはなかった。万一、小学校一年生のときのような粗相が、この満員電車の中で起こったときのことを考えると絶望的になる。脂汗が出て、顔面が蒼白になりだしているのではと思いながら、あくまで自己暗示至上主義を続ける以外にはなかった。

電車がとうとう駅に着いた。ホームに降りる。トイレが近づくと走るような、すり足のような格好で手は早くもベルトにいっている。幸運にも空いているときには、天国へと滑り込む。入り口にバケツが二つ、それぞれにモップを立てて交差させてある。明らかに進入禁止だった。しかし、清掃中だろうと緊急事態、あるいは存立危機事態である。事情を話し、色よい返事を待つ。

「となりにはいったら？」

えっ？　隣は女子トイレだろうに。再びナビが動く。切迫残存時間とネクストトイレとを勘案する。答えは即時に出る。必要は決断の母、責任は許可者にとってもらおう。

突入する一心で、中の様子を窺う。よし、誰もいない。飛び込む。開放感の後は余裕だ。未知の経験に新鮮ささえ憶える。口紅のついた吸い殻を見つけて微笑む。しかし、長居は無用だ。ドアの外を窺う。少しだけドアを開けて誰もいなかったら、大きくドアを開けて一気に外に出よう。万一人がいてもそのまま突き進む。手順通りに飛び出した。しかし、次の瞬間、なにかを蹴飛ばして体を飛び上がらせていた。バケツだった。モップが倒れる。そうだったのか、進入禁止にしておいてくれたのだった。ありがとう。

朝の駅のトイレはどこも繁盛している。神様仏様、空いていますようにと、ついお祈りをしてしまう。ボックスごとに並ぶときには一種の賭だが、一列待機は賭の危険性を回避した、真に困窮者の立場に立ったせめてもの平等主義だ。しかしある朝、一列待機の効率がなぜか悪い。残存時間がいつになく切迫していた。決断する。人々に別れの一瞥を送り列を離れる。幸運を祈るまなざしを背に感じながら駅を出た。はじめてのことだった。限界が近づいているにもかかわらず、トイレのありそうなビルの入り口を探し回ったがない。

一列待機が仙太郎が抜けてから、好循環になったりしてと後悔する。しかし、ビル突入のときがきた。一階が銀行で、上が経済研究所のような看板が見える。よしここに決めた。警備員室には人がいない。つきあたりのエレベーターに乗った。三階でも四階でもいい。

なんと降りるとドンピシャリ、トイレがある。誰もいないビルの廊下を忍者のように走り抜け、さっとはいる。限界に挑戦した後の喜びの雄叫びが天空に向かって飛び散った。

すると、突然隣のドアが開けられ、人が逃げていくような足音がした。びっくりさせちゃったなと微笑みながら、安寧の中にいる自分をしみじみと愛しく味わいながら、ちょっとした大仕事でもしたような満足感につつまれた。人生は「世界苦」ばかりではなかったのだ。

五　定年

つくづく、他人事だったなと感じながら自分の定年を迎えた。そして週三日の嘱託生活にはいった。

新しい職場になり、仕事での人間関係も希薄になった。初めのうちはときどき孤独を感じたが、すぐに慣れて今ではかえって仕事に専念できた。嘱託生活を楽しめるようになったが、数か月を残すことになってしまった。ウソのように月日がたってしまったなと思う。そして、「おまえはもうダメだな」と言った友人は、少し早めに鬼籍にはいってしまった。

今日などは出勤しなくてもいい日なのに、何となく一日のはじまりである早朝が好きで、家を出てしまった。

仙太郎は山手線の早朝の電車がなぜか好きだった。一人五・六キロ、四駅の乗車が平均なのだが長居をしていた。スピードを出さず、揺れや緊張感がなく、ちょくちょく止まり、そのまま座っていれば一回りして元にもどるのがいい。一時間を切ろうなんて、がんばらないでほしいと笑いながら思う。

いつものように一駅で降りて大崎駅で始発に乗り換えた。しばらくの間は人もまばらで、互いに適当な距離を置き、完全な孤独でもなく、無関心による自由も保障されていて気にいっていた。

ビジネス街のビルを眺めながら、ふと、嘱託が終われば、経済活動の生産側との関係はなくなるのだと考えていた。

すると突然、山手線の環状から離れてどこかへいってみたくなった。もしいくとしたらあそこへいってみようかなと思う。二歳から小学校卒業までを過ごしたD町だ。このまま山手線で上野駅にいき、常磐線に乗り、水戸駅で水郡線に乗り換えればいいのだ。

しかし、すぐに「なぜ?」と返ってくる。知っている誰かに会うでもなし、わざわざ浦島太郎になりにいかなくてもいいだろうと。自分の優柔不断さが笑えてきた。しかし、迷ったときにはとにかくやってみるほうが、やってみないよりもましなことはわかっていた。よし、それならいってみようと思う。

六　水郡線

　山手線からどんどんと離れているのだと思いながら、子どもの頃につながるなにかを窓の外に探し続けていると、思いのほか早く水戸駅に着くとアナウンスがあった。アッと言う間だった。時間のかかったあの頃が、遠い昔になってしまったのだ。

　人々の歩く速さに合わせながら、常磐線を振り返った。あの頃、東京行きの車体にはブルーの横線に、二等車を示すⅡという白文字があったように思いながら、水郡線の位置は変わってはいないだろうと先を急いだ。思った通り、昔からの位置に水郡線はあった。

　水郡線は、昭和の一桁の終わり頃、D町まで開通したのだった。黒い蒸気機関車が焦げ茶色の客車を引っ張っていた。客車の最後尾には、冬になるとだるまストーブが置かれていた。そして、仙太郎が小学校三、四年の頃、蒸気機関車からディーゼルカーに代わったのだった。

　ディーゼルカーはすでにホームにはいっていた。車内は対面席とボックス席が半々。対面席には男が二人と女が一人。ボックス席から女性の歓声が上がった。待ち合わせをしていたのだろう、最後の一人が間に合ったのだ。対面席の四人は静かにバラバラだった。仙太郎と同じ年ほどの男は、リュックを網棚に載せていた。靴から山歩きをすることがわかった。もう一人の三〇代と思われる男は、食料のはいっていそうなダンボールの小箱を、四つ重ねてドアの側に置いていた。女は二〇代の後半だろうか。セールスか、講習会にでも出かけるようなセミフォーマルな服装をしていた。ただ、足を組んでいるため、少し腿が見えすぎに感じられた。

ディーゼルカーはゴトッとあっけなく動き出した。蒸気機関車は発車のときには高らかに汽笛を鳴らし、全速力で走っているときや坂をあえぎながら登っているときも、孤独ながんばり屋のようにリズムをつけて、蒸気の圧縮と解放をシュシュポッポと、ときに激しく黒煙を、ときに穏やかな白煙をなびかせながら走り、停車すると元気よく蒸気を吐き出した。ディーゼルカーはなにをやるときにも車体をゴトゴトと揺するだけだ。あれからずっとゴトゴトと走り続けてきたのだろう。

駅を出て北にカーブする手前あたりに列車がくると父母は首を伸ばし、ときには中腰になり、まだ残っていた戦後のバラックを見つけては、空襲の恐ろしさを語った。

母は一歳の私と三歳と五歳の姉二人をつれて水戸の実家に戻っていたが、軍隊から一時帰宅した父が疎開を強く進めた。祖母は「水戸が爆撃されるかね」と、結核の娘（仙太郎の叔母）

もいたので腰が重かった。しかし、父は疎開することを譲らなかった。昭和二〇年八月二日に水戸は空襲に襲われ、母の実家（水戸市梅香）は焼失した。その直前に、母は結核の妹を気づかれないようにしながら、私たち三人の子どもと祖母とで雨露さえしのげればと、農家の軒先を求めてかつての岩舟村に疎開し、爆撃をまぬがれたのだった。あのまま実家にいたら、結核の叔母とともに焼死していた可能性があった。

ディーゼルカーが那珂川を渡った。緑の稲が整然と並んでいる。波皺も見える。夏の高い青空に雲が流れていた。所々で防風林が風にゆったりと揺れている。いくつもの小さな駅に止まった。ホームを二、三人の人がときどき動いていく。駅名を頭の中で繰り返す。ゆるんだ糸が徐々に張ってくるように、こんな名の駅も確かにあったなと思い出していたが、駅舎の名前以外には、駅前の商店街も看板も家々も、農家や垣根や植木などすべてになつかしさの感情は許されなかった。

しかたなく車内に目を移した。さっき、斜め前の女性の少し見えすぎではないだろうかと感じた足への視線がやがて徐々に自由に動き出し、熱く舞い上がっていった。組まれて上になって見えている腿は、下になって見えていないもう一方の腿と上下して遡り、やがて見えない中で、平行に戻りながら合体していくその奥深いところには、男女の性の秘境があるのだと思ってみた。

しかし、賞味期限が切れつつある仙太郎に、若い女は見られることを望まない。こちらも老醜はさらしたくない。熱い思いは一瞬のうちに空焼きされて、燃えかすが心の中に広がっていった。もういい年になっているのに、なぜこうも見つめてしまうのだろうと思った。老いの気配が確実に迫っているのに、〝性〟への夢想を〝生〟への命綱でもあるかのように、すがり続けている自分を知っていた。

窓の外が明るくなったような気がして、再び顔を外に向けた。向かいの山が近づいていた。ニューギニアから奇跡的に帰還した母方の長男の叔父は、祖母と結核の叔母を戦後に就職した仙台に引き取った。軍隊から帰ってきた父は、窓外に見える山の麓の道を通って、一家五人で、D町で時計店をしていた父方の弥助叔父のすすめでD町へ引っ越したのだった。トラックに荷物を積み上げ、父はニワトリと一緒に荷台に乗り、母は二歳になった私や姉たちと助手席に乗ったにちがいない。砂埃のデコボコ道を右に左にゆられながら、D町へと向かったのがあの道だったのだ。

道が山裾に消えた。川が見え出した。久慈川だ。八溝山を源とし、蛇行を繰り返しながら南下を終え、太平洋に向かって白い河原の中をゆっくりと流れていた。ディーゼルカーは久慈川に沿い、緑に向かって快調に走っていたが、山と川がさらに近づき鉄橋に滑り込んだ。木々の緑が覆い被さる淀んだ淵が見える。川下に目を移した。川瀬の白波が遙かな河原に見える。しかし、ディーゼルカーは早くも鉄橋を渡りきり緑の中に突入していた。小さな駅に着くたびに、山と川から少し離れたが、駅を出ると久慈川に沿って鉄橋とトンネルを通り直進した。

やがて対岸が離れ出し、窓外の視界が開けて山裾の道がなだらかな勾配を見せてきた。D町が近いのだ。いつの間にかディーゼルカーの一番前の運転席の隣に立って、水鏡で川底をのぞくように、河岸段丘上に広がるD町を眺めていた。そのとき、遙かな高台に小学校の大欅を見つけた。小さい。しかし、確かにそうだ。記憶の確かさがはじめて許され、なつかしさの感情が生まれた。

七　D町

五〇年以上も近づくことのなかったD町。不思議な重さを感じながらホームを歩いた。そうだったのか、ホームのすぐ下に田んぼを見つけてそう思う。田んぼは押川の堤防まで広がり、その先には山々が見える。駅舎の屋根が派手なオレンジ色だ。連絡橋を渡りながら、いつの間にか改札口は今でも同じだろうかと考えていた。あのことは、こんな狭い改札口のパイプの上で鈴なりになって起こったのだ。なぜ思い出したのだろうと、場所は同じだが新しくはしたのだろうと思いながら改札口を出て駅前に向かった。

町にいく人、さらにD町を離れるためにバス停に向かう人などがそれぞれに歩いていく。仙太郎は弁当を買うために駅の売店に戻った。ちょっと多めかなと思いながらも、おにぎりとカツサンドを買う。ビールは諦めて駅前の広場を見渡した。こんなにも狭かったのかと思う。

秋の盆踊りには櫓が組まれ、夜の深まりとともに佳境にはいり、幾重にも人の輪ができ、抑えられていたものが吹き出すように、押し出す手足には熱がはいった。暗い明かりの中で、思い切り上げられた太ももを包むサラシの白さが子ども心にも残った。

これから数時間、思い出の旅がはじまるのだと思いながら、駅前の広場を抜けて北に進んでいった。駅前には旅館や見知らぬ食べ物屋ができていた。この辺りには魚屋があったはずだと思っていたら、建て直されて魚料理を出すレストランに屋号だけが残っていた。

たまにトラックが通る。狭い。いちいち立ち止まってやり過ごさなければならない。魚屋の隣の角は自転車屋だったが、今は何をしているのかわからなかった。店をたたんで、そのままにしているのだった。

小学校の三、四年生の頃だったか、この自転車屋で子ども用の自転車を溶接でつくってもらったことがあった。色はダークグリーンだった。得意になって周りを気にせずに乗り回した。いじめの対象になっていくのは、当たり前だったのかもしれない。

ゆっくりと道路の反対側に目を移した。靴屋と花屋の間に、弥助叔父の時計店があったのだ。しかし、ウィンドウにはシャッターが降り、看板は白く塗られていた。となりの花屋の花が弥助叔父の元の時計店の前まで並べられている。弥助叔父はD町に鉄道が引かれるとき、駅前になんとかお店を出すことに成功したのだった。しかし、弥助叔父が亡くなり、しばらくすると二代目の康夫さんも亡くなり、三代目の圭坊が店を継いだが、先天的に心臓に疾患があって若くして逝ってしまい、お店を継ぐ人がいなくなってしまったのだ。

　仙太郎は、跡絶えて閉ざされてしまったお店の前で、小学生のときの弥助叔父やおばちゃんや康夫さんや圭坊の遠く離れてしまった面影を思い出していた。すると意外にも、思い出せる誰の顔にも、微笑みが見えるような気がしてほっとした。仙太郎は再び、真夏の町の中に歩を進めた。

八　町の少年野球チーム

仙太郎はあの店はまだあるだろうかと進んでいった。ラーメン屋「やましろ屋」の暖簾は健在だった。この町からプロ野球選手が出た。最初に野球を教えたのが「やましろ屋」の主人だったのだ。町中の大人も子どもも応援し、そのプロ野球の選手が好成績を上げるたびに、「やましろ屋」の主人の株も上がるのだった。

小学校五年のとき、すでに学校には仙太郎がエースを務める野球チームがあったが、なぜかやましろ監督を迎えて町にも少年野球チームができた。みんなと一緒に仙太郎も参加した。

練習の場所は空き地だった。キャッチボールはまだよかったが、狭い上にイレギュラーが多いのでノックはすぐに終わった。やましろ監督はみんなを集めて、今一番新しいテクニックだと、内野に落ちたあたりそこねの激しく回転するボールは、真上からグローブで押さえつけ、回転を止めてから投げるのだと教えてくれた。話しが終わると、なるほどと、みんな中腰になって土に向かってグローブを押しつけた。

練習が終わると「やましろ屋」に集まった。仙太郎の母はいなかったが、何人かのお母さんたちも集まった。

話しはこれからの練習のことや将来ここから二人目のプロがでたらどんなにすばらしいかと、夢物語に花を咲かせていたが、突然「アイツ」が動揺を楽しむように仙太郎の顔を見つめながら言った。

「学校での第一ピッチャーは嶋田（仙太郎）だけど、ここでは樋口でいいよな。なあー、みんないいよな。ここは学校じゃねーんだから」

そう言うと、文句はないよなと回りを見渡してから仙太郎の反応を楽しむために、視線を仙太郎に向けてきた。そして、その場にいた全員も仙太郎を見つめ出した。

コントロールを別にすれば、樋口のボールにはスピードがあった。それに、転校生の樋口を気にいっていたし、樋口が自分から画策しないことはわかっていたので文句はなかった。しかし、突然みんなの前でエースピッチャーだけが引きずりおろされるようなやり方で、しかもなぜ「アイツ」に言われなければならないのか。問題点をしっかり突きつけて、反論する力はもとよりなく、仙太郎は平然を装い、「ああ、いいよ」と耐えることで精一杯だった。

今度は母親の一人が口を切った。

「なんと言っても、この町で一番のお医者さんは、藪中先生でしょうね」

仙太郎の父が町の開業医だと百も承知で、いやそうだからこそ、町医者談義をはじめたのだった。母親たちの口からどのようなことが語られるのか、ひょっとして父の悪口を聞かされるのではと、逃げることもやめてくれと言うこともできず、針の筵に座らせられているようだった。やましろ監督は、相変わらず穏やかな赤ら顔で相づちを打ちながら、終始ニコニコしているだけだった。町のヒーローの生みの親への尊敬は消えていった。

九　東京堂

地元の人だろうか、ゆっくりとお店をのぞきながら動いている。ひょっとしてあの辺りには、東京堂があったはずだと近づいてみた。しかし、そこは空き地になっていた。

あれは小学校何年生の頃だろうか。学校帰りに、何人かで東京堂の前を通ったときだった。ウィンドウに貼られた、赤色をバックにした写真に出会った。なんだろうこの写真はと、なんの写真かわかるまでみんなで眺めていたが、やがていっせいにわかり出し、ばたばたと体が動かなくなった。恥ずかしさを感じながらも激しい魅力に引きずられ、もっと見ていたいという思いと、子どもが見てはいけないのではという思いとで固まってしまったのだ。しかし次の瞬間、やはりまだ早い、見てはいけないものを見ているのだという思いが勝り、いっせいに飛んで帰った。

かなり経ってから仙太郎は、一人で東京堂の前を通ることがあった。周りを気にしながら、ウィンドウを何気ない振りをして横目で必死に覗いた。しかし、もう写真はなかった。

その写真は左手を思い切り後頭部にあげて、脇の下を露出し、右手はなにかを求めているように脇にのばされ、白い胸が写真の中央で心置きなく前に出されていた。その分腰を引き、腿とすねとで「く」の字をつくり、両足の甲が足の指が内側にそるほどに伸びきっていた。『プレイボーイ』の創刊号を飾ったマリリン・モンローの写真だったのだろうか。心に笑みを浮かべながら、東京堂のあった空き地を離れた。

一〇　なにがナスだ

歩きながら、もう少し先にはディーゼルカーの窓から、最初になつかしさを許してくれた大欅のある小学校への石段があるはずだと思っていた。しかし、意識の底では石段の反対側には「アイツ」の家があったはずだという思いがいつの間にか生まれていた。「アイツ」の家は変わらずにそこにあった。昔から酒屋をやっていた。後ろには木造の二階屋が見える。酒屋の脇を通って、あの冬の朝、小学校一年生の仙太郎は、二階の窓に向かって、「タカシクーン」と「アイツ」の名を呼んだのだった。

仙太郎はどうしたことか、自分でも説明できない行為に出た。その酒屋にスタスタとはいっていった。酒がほしかったという言い訳と、もういいだろうという思いと、自分にはこのようなちょいと挑戦的なところがあるのだなと感じていた。

「いらっしゃいませ」

おやっ？　と思う。幸せそうな雰囲気はないが、こんな田舎町で店番をしているにはと思わせる女だった。そして、すぐに「アイツ」ならやりかねないなと、早くも妙に攻撃的になっている自分がいた。

「お酒ですか?」

仙太郎は、奥のほうに人の気配を感じていたので、女から視線をはずしながら言った。

「ええ」

生半可な返事になった。

奥の薄暗いところに男が座っているのが見える。話をしていたようだったが、視線はこちらに向いていた。「アイツ」だった。

暗い過去の底から窺ってくるような視線だ。髪の毛は白っぽいが禿げてはいない。まぎれもなく五〇年後の「アイツ」だった。視線を向けて仙太郎を詮索しながら、こちらを気にかける時間がだんだんと長くなった。仙太郎も自分をいじめた男の老いを探りたかった。しかし、相変わらずよく動く目に押され、仙太郎から目をそらした。

「これからどちらにいかれるのですか」

女が不意に聞いてきた。体を少しずつずらし、「アイツ」の視線からはずれながら言った。

「町をブラブラするつもりです」

奥から聞こえていた会合の打ち合わせのような話をしていた男が、話を打ち切ってお店を出ていった。「アイツ」が近づいてきた。

「コレカラ、ドチラサオデカケ」

同じことを聞いてきた。聞こえないふりをした。仙太郎は見られていた。うるさい奴だと思った。自分から名乗るのは嫌だった。そして何年経とうが、オマエと平気で口なんか聞けるかと、こだわっている自分も嫌だった。じゃあ、なぜこの店にはいってしまったのかわからなかった。

「モス、嶋田ジャ、シチレイダケンドモ、嶋田仙太郎ジャネエノ」

しかたなく相手を見た。驚いたような顔をしなければと思いながらも、もうとっくに気づいていたのだから、いまさら白々しいと思いながらうなずいていた。女が好奇の目で仙太郎を見た。

「イヤー、ナンネンブリダッペ、小学校サデタトキカラダッペサ」

「五〇年以上になりますね」

あまりにジロジロと見られることに居心地を悪くしていた。第一、オマエのことが嫌いなんだし、このお店にはいってしまったことはまちがいなのだからと思っていた。

「今日ハ、ドコサヨウアッテ」

仙太郎にはもとより人に言える用などなかった。じゃあ、人に言える用がなければきてはいけないのかと思いながら、ますます居心地が悪くなっていたが、長い間のサラリーマン生活の習性から、得意の穏やかさで微笑みながら言っていた。

「いやー、特に用があってということではなくって……」

「アー、ナツカシクナッテ……」

余計なことだ。第一、オマエがなつかしくってやってきたんじゃない。

「イマナニシテンノ?」

ほらきた。嫌なことを平気で聞いてくる。とっくに現役は終わって、セミリタイヤ生活ももうすぐ終わろうとしていることを卑下っぽく話すのはイヤなので、意識的に明るく答えた。

「いやあ、特に」

「アー、ユウユウズタク、イヤー、ウラヤマシイコッタナス」

なにがナスだ。心からそうは思っていないことが、みえみえじゃないか。

「オレ、イマ町会議員サヤッテンダ、ケッコウイソガシクッテネ、アンタモ、ナニカヤッタホウガイイガッペサ」

ほらきた。そんなこと聞いちゃいない。どうせ旧態依然の利益誘導型の政治をやっているのだろう。私が何をしようと、いや何をしなくても、いや何もやることがなくても、余計なお世話だ。仙太郎は女のほうを向いた。

「これください」

「コレニスッケ」

オマエに言ったんじゃない。女に言ったのだ。仙太郎は、ポケットからお金を出して用意した。

「コンド同窓会ヤットキ、連絡スッカラ、ココサ住所ケエテケヤ」

なにがケヤだと思いながらもしかたなく書き出していた。最後の番地まで正直に書くのはイヤだなと思いながらも、欠席で出せばいいんだからと、そのまま書き進んだ。

「アッ、レイコ、オマエモ憶エテッペ、嶋田仙太郎、ホラ、医者ノ息子デ、一家デ、東京サイッチマッタ……」

なに、レイコ？　いつの間にか奥から一人の女が出てきて、こっちを見ていた。あのレイコがオマエと結婚した？　過去の一点でしかない記憶を、懸命に甦らそうと女の顔を見た。こんな顔をしていたのか……。あのことは、今、目の前にいる女と本当にかかわって起こったことだったのだろうか。あまりにも空白がありすぎるのだった。しかし、無理に結びつけているのかもしれないが、かすかにではあるが昔の面影がちらりと甦ったような気がした。

「中サヘーッテ、オ茶デモドースカ」

忘れてしまったのだろうか。二人とも憶えているはずなのに。少なくとも、そんなことも確かにあったなと。明るく、笑い話にしてしまえという思いが生まれてきていたが、しかし、単なる一つの記憶ではあったが、二人を前にしているとやっぱり居心地の悪い感情がかすかではあるが、徐々に生まれてきているように感じた。

仙太郎は後ずさりをしていた。二人の前にこれ以上の長居は無用だと思った。「奥久慈《おくくじ》」という地酒と紙コップをバックにしまうと、二人の幸福を祈るようなふりをしながら、毅然として店を出たいと思い実行した。しかし二人には、数十年ぶりに突然店に現れ、悄然と店を出ていった、なにか屈折したところのある変な老人と映ったにちがいなかった。

もとより、インゲボルグとハンスの前から立ち去るトニオ・クレーゲルとは似ても似つかなかった。

二　D町小学校

小学校に向かう神社の石段を一段一段、疎外感を踏みつぶすように登りはじめていた。息継ぎ場でふり返った。すぐ下に大きな石の鳥居が見える。その向こうにある「アイツ」の酒屋が目にはいってきた。急いで町全体に目をやる。不思議に同じ高さでひっそりと暑さに耐えて重なり合う屋根の中で、駅舎のオレンジ色の屋根だけが、山々の緑と夏の空の下で輝いていた。

「アイツ」からのお茶を断ってよかったと思いながら、おや、こんなところに湧き水がと近づいていった。竹の樋《とい》から石の窪みに溜められた水の中に、先ほど買った酒をいれた。「奥久慈」という文字が水の中で揺れ、あふれ落ちる水が輝いた。この地の米と水から醸された味を柄杓からゆっくりと呑みほした。

南下する山々の先の二つの青い山を、「アイツ」ら夫婦のようだなと思いながら見つめていた。片方はそり上がって尖っていたが、片方は少し低く、ゆったりと裾を広げていた。酔いのためだろうか、もう五〇年以上も前のことだ。とにかくこの町が子どものときの自分を育て、その後の人生につながったのだと言い聞かせてみた。そして、もうすぐ社会的な役割から解放されるのだ。自由になり、これからこそが、本当の自分の人生がはじまるのだと考えていた。

仙太郎は残りの石段を登り切った。正面は神社に向かう桜並木が続いていたが、東のほうには小学校の校庭が開けていた。

人っ子一人いない。さえぎるものがなにもない真夏の運動場に足を踏みいれた。校舎はすっかり建て代わり、白を基調とした三階建てになっていた。しかし、北側の奥の一角がぽっかりと空いている。近づきながら、そうだ、ここには大きな木造の講堂があったはずだと思い出した。どうしてなにもないのだろうとさらに近づくと、柵の中に思ってもいなかったプールの端が見え、スタート台も見え出した。水泳は川でやるものとばかり思っていた仙太郎にとって、なかなか納得がいかなかった。

向きを変え、乾き切った白い運動場の土の上を再び歩き出した。雨の流れた跡が幾筋もできている。ふと、この土の上では色々なことがあったなと思う。

年に一度の運動会は娯楽の少なかった時代、町中の人々の楽しみだった。桜並木の下にはずらりと屋台が並んだ。寒い秋の日の朝、戸板に積まれた青いミカンは、見るからにすっぱそうで、子ども心にもほしいとは思わなかった。

なんと言っても、最後を飾った町内対抗リレーが盛り上がったなと思い出す。一年生から六年生へ、そして大人のアンカーに向かって、バトンがもつれにもつれながら渡っていく。町中の大人と子どもの歓声とため息は極みに達し、トラックの内側に重心を傾けてコーナーを走り抜け、ホームストレッチにはいった選手たちの背中では、安全ピンで止められた町名を書いた手製のゼッケンが、前へ前へと引っ張られながらゴールに突入するのだった。こうして楽しかった運動会は、歓声の中で来年まで幕をおろした。

一二　保内郷《ほないごう》ドッジボール大会

コートはどの辺だったかなと運動場を見渡していた。五年生のときに、保内郷小学校ドッジボール大会があった。毎日、放課後の練習が遅くまで続いた。大会の前日、やっと石灰でラインを引き終え、四面のコートができあがった。三面は校舎に向かって縦に、一面だけが横につくられた。横向きにつくられたコートの一部は砂が多く、直感的に嫌だなと感じた。コートができあがると、選手たちは二人の若い教師に集められた。仙太郎たちは、これからなにがはじまるのかわくわくしながら待った。

D町と書いてある二枚の布を出した。おやっと思った。全員分はないのだ。どうするのかと思っていると、教師たちはもう決めていたのだろう、内野と外野のセンターに配られた。諦めていた仙太郎は、外のセンターだったので渡された。まさか自分にとうれしさを隠せなかった。

「明日までに、胸に縫いつけてもらってくること。さあー、もっと近くに集まれ」

仙太郎たちは今度はなにがはじまるのか、明日の大会にとって重要なことにちがいないと、円陣を狭め集中した。額が狭くなるほどの多めの髪の毛をポマードで固めたもう一人の教師が、全員を見渡しながら言った。

「いいか、残り一分になったら……」

と、両手を口に持っていった。

「センターがんばれーと、先生が叫ぶからな、そうしたら、残り一分しかないんだ。外にボールを回し、どんどん当てて中にはいっていくんだ。だから、内野からは攻撃しない。わかったか」

みんなは心を高揚させながら、「センターがんばれー」の言葉を胸に刻み込んだ。

「それから、いいか、ボールを取るときも、攻撃するときも、迷わずに勇気を出してやりきれ。そのとき、心の中でケンコンイッテキ！　って叫ぶんだ。意味はそのうちにわかるようになる。いいか、ケンコンイッテキ！　だぞ。わかったか」

仙太郎たちは顔を見合わせて呟いていた。ケンコンイッテキ！　ケンコンイッテキ！　と。意味はわからないが、なぜか集中力が湧いてきそうな気がした。

当日、とうとう緊張の中で試合がはじまった。本当に先生の声はあるだろうか。声を待ちながら、ケンコンイッテキと夢中で戦った。

「センターがんばれー!」

突然、確かに、とうとう、聞こえてきた。みんな声のほうを見た。先生はなぜかほかのコートで両手を口に当てて、前かがみになりながら叫んでいた。

仙太郎たちは顔を見合わせて、即座に確認し合った。そして、作戦通りに外に出た者は、どんどんと相手に当てて中にはいった。どの試合もどの試合も思い通りに勝ち進んだ。作戦は図星だった。仙太郎たちも、全体の進行にかかわって忙しそうだった先生たちも、得意満面だった。とうとう最後の試合がきた。相手も全勝だった。決勝戦だ。

相手チームの意気込みは、仙太郎のチームよりも優っていた。動きがすばしっこく、手に負えなかった。ジリジリと一方的に押され、相手の攻撃を止めて反撃に出ることができないまま、逃げ惑う最後の一人がコーナーに追い込まれ、そこへ低めのボールが飛んでいった。両手をすくい上げるようにしてうまくキャッチした。ケンコンイッテキ! よしやった。これから反撃と思った瞬間、砂に足をとられて両手をついてしまった。ボールはぽろりと前に落ち、あっという間に負けてしまった。とり返しのつかない現実を前に、呆然と立ち尽くしていた。しばらくすると先生が近づいてきた。意外に明るい。

「まあ、準優勝だ。みんなよくやったよ」

なるほど、「準」という言葉がついているが、「優勝」という言葉もついている。仙太郎たちの心が晴れていった。

横向きにつくられたコートはこの辺だったなと砂を探した。さすがにない。しかし、あのときは本当に楽しかったなと心に笑みを感じた。

一三　大欅

仙太郎は右手の大欅にゆっくりと近づいていった。下から二メートほどの中央に外科手術の跡が見える。いつの間にか記憶に刻まれていた大欅。樹肌にそっと触れながら裏側に回ってみた。そして根の間に挟まるように腰をおろした。葉から漏れてくる光が、真夏の運動場に長居をした仙太郎を優しく包んでくれた。渇いた喉を「奥久慈《おくくじ》」の重い液体が潤した。

一年生のクラス写真は、この大欅の下で撮ったことを思い出す。若くてすらりとした洋装の似合う女の先生は、あごを引き顔を少し傾けて写っていた。子どもたちは一人一人位置を決めてもらい、みんな不安そうな顔で写っていた。仙太郎もまぶしくないのに眉を寄せて写っていた。

一年生のときの学芸会は、「月うさぎ」だったなと思い出す。仙太郎はなぜか主役だった。町に一つしかない映画館で、中学校や高校からの出し物と一緒に再演した。最後に、「あっ、月が出た！」と、主役の仙太郎は空を指さし、月に帰るときがきたことを告げ、地球でお世話になったうさぎたちに礼を言って、舞台を大きく手を上下させながら三回まわって月へと帰っていくのだった。しかし、町の映画館に月を持ってくることを忘れていた。先生と母は急いで物干し竿に急ごしらえの月を舞台裏からぶら下げてくれた。

「おじいさんを忘れるなよー」

追ってきたおじいさんうさぎの台詞で終わった。

あのとき、レイコはうさぎの女王様だったが、「アイツ」はセリフのない、ただのうさぎだった。仙太郎は六年生まで主役を通した。これもイジメられる原因だったのだろうか。

一四　学級委員長

大欅の下に座りながら、ふと小学校のとき、新学年が近づくと見栄を張りがちな母は、仙太郎に学級委員長になることを期待したことを思い出した。仙太郎は選ばれなかったらどうしようと苦しい日々を送った。

とうとう、学級委員長を決めるときがきた。顔つきや態度で周りにアピールし、周りもそれに気づき、推薦し、賛成の手を上げてくれたのだった。委員長になれば目的達成だ。すぐに苦しさはけろりと忘れ、クラスのために委員長ってなにをすればいいのかなんて、まったく考えなかったなあと思い出す。

いい加減さと言えば、現代の政治にもつながっているなと笑えないものを感じた。利益誘導型の選挙で票を集め、当選するとあとは党や党派に黙って従い、票になる人のためにだけの政治屋になってしまっている。

テレビで政治家の汚職問題をとり上げていたとき、優しそうな目をさらに細めた、好々爺の政治家が言った。「民主主義の世の中ですからなあ、選挙で選ばれておるんですからなあ」

と。腐敗した政治家を選んでおるのはみなさん方です。同じですよ。みなさん方もやはり、腐敗しているのですよ、と言わんばかりだった。その通りだと思った。

醒めていく酔いを止めるために、「奥久慈《おくくじ》」を喉に通した。すると、それでは仙太郎、おまえはこれからどのように生きるのかと、退職後の自分自身が問われだしたが、酔いの中で勝手に思いは広がっていった。

アフリカと中東の悲劇は、欧米の植民地政策が生んだ貧困と差別を、現地の軍事独裁政権を利用しても、大きくなるばかりで問題を抑えきれなくなったためではないのか。

酔いの不安が日本に戻った。いくら何でも教育費が高すぎないか。親の収入の多い少ないで子どもたちの教育に差をつけ、競争させ、失敗したら自己責任。これではイジメ、不登校、引きこもり、ニートが増え、やがては社会をスポイルしないか。

アメリカの海兵隊の志願者は、家族への健康保険証の交付や大学進学、警察官になれるなどの経済的な理由が多い。日本も近づいていないか。

また、大学への運営費交付金を毎年削減し、人文学科系の縮小を進めようとしている。一般教養（リベラルアーツ）、つまり脳を削除しはじめたのだ。賄賂、搾取、盗品、天下り、忖度、などの「政・財・官」の現在を押しつけようとしているのだ。

それは、単細胞から多細胞に進化し、口・腸・肛門だけの脳のない最初の生物が口からはいるもので、消化できる栄養素ならすべてOKなのと似ていないか。

テレビで大阪万博の「太陽の塔」の内部を見た。塔の中の一番下から上に向かって、微生物からはじまる生物の作品を岡本太郎は、進化順に七〇メートルの塔の一番高いところに向かって並べた。一番上は進化の象徴としての人間かなと思いきや、空洞になっていた。なぜだろうと考えた。岡本太郎は人間を絶滅危惧種と考えていたのだろうか、そうではなく、人類が抱えている様々な問題を解決してから進化の頂点に立つのだというメッセージだろうと思った。

仙太郎が小学校の学級委員長になっても、クラスのために役立つことを考えなかったことから、ずいぶん膨らんでしまった。

さあ、数か月後には嘱託を終え、これからおまえは自由になる。そのとき仙太郎、おまえがなにをするか楽しみに見ているからねと、声が聞こえてきた。

一五　番付表

仙太郎は大欅の根っこの間に座り続けながら、土俵がつくられたのはあの辺だったなと眺めていた。土俵ができたので相撲が流行ったのか、相撲が流行ったので土俵をつくったのかはわからない。相撲はそれほど強くはなかったが、いくらなんでもあれはないなと思い出していた。

「アイツ」は、相手が最後には負けるような雰囲気を、日頃の延長から土俵にも持ち込んでいた。土俵際でどんなにもつれても、必ず最後にはみんな「アイツ」に負けてやるのだった。

あるとき、「アイツ」はクラスの番付表をつくりはじめた。文句を言わせないように、一人ひとりの顔色を見ながら小結や大関と当てはめていった。そして、いつの間にか空けておいた横綱の片方に自分の名前を書き、みんなの賛成を確認すると、最後に仙太郎の顔色を楽しみながら前頭の最下位にいれたのだった。驚きと悔しさが爆発した。しかし、必死に平気を装い、いいよ、いいよ、納得だよと、屈辱のまま泣き寝入りをしたのだった。

あのとき、どう考えても番付編成上の不満を整理し、みんなが納得できる基準を提案し、解決の糸口を見つけることはできなかったなと、土俵があったほうを見つめ続けた。そしてふと、「評価」や「給与」や「人事」などで、今の大人こそ自分が正しく評価されていないという不満を抱えて働かされているのだと思った。

仙太郎自身も心身の病を感じていた時期があった。人が人を評価するとき、神様ではないのだから「評価基準の確立と公開」、「評価結果の本人開示」、「不服審査制度」の三原則を確立しなければならないのは当然のことと思う。恣意的評価が許されないことは、個人の尊厳を守る点からも当然のことなのにと思う。

それにしても前頭の最下位とは、「アイツ」も露骨にやってくれたなと、もう一度土俵のあったほうを笑いながら見つめた。

一六　糞壺に消えたモーターボートの模型

ある日の昼休み、級友が教室にいた仙太郎を呼びにきた。夏休みの自主提出物のモーターボートの模型が、便所の糞壺の中に落ちていると知らせにきたのだった。

最初なんのことかわからずに座ったままだった。級友は動かない仙太郎を見て困っている様子だったが、やがて目が動いた。その先に「アイツ」がいて、こっちを見ていた。

仙太郎は嫌々ながら便所に連れ出された。案の定、「アイツ」は後ろから見ている。さあ、これからおまえがどんな反応を示すか楽しみだと言わんばかりだった。模型のモーターボートは、糞壺の中央で船首だけを見せて沈没しかけていた。級友が焦っていたわけがわかった。

模型のモーターボートは従兄弟がつくったもので、母がそのままもらって夏休みの自主提出物として仙太郎に持たせたものだった。

教室で先生に提出するとき、これは誰がつくったのと先生が聞いてきた。小声で従兄弟がつくったものであることを話した。ある日、みんなで池に集まってスイッチをいれた。あまり早くは走らなかったが、あの頃としては模型は珍しく、仙太郎は得意だった。

しかし「アイツ」は、誰かから聞いたのだろう、仙太郎が自分でつくったものでないことを知っていた。仙太郎の得意げな気持ちをへし折ってやろうと狙っていた。そして、その時期がきたのだ。

提出から一定期間が経ち、先生は保管場所に困ったのだろうか、提出物を無造作に置いていた。みんなが忘れかけた頃、「アイツ」は糞壺にモーターボートを投げ込み、級友に仙太郎を呼びにいかせたのだった。そして、先生に言いつけにいくか、さあどうすると観察していたのだった。多分、どのようなリアクションにも準備をしていたにちがいない。

「ワル」は、「アホ」の弱みを掴む臭覚力、情報力、組織力、そして攻撃力のいずれの能力も高いのだ。もとより、仙太郎の比ではなかったのだ。ざまあみろという「アイツ」のうれしそうな顔が仙太郎の心に残った。しかし、「ワル」もしっぽを出すことがあった。

一七　フォーク事件

便所にかかわる思い出がまだあったなと思い出していた。

六年生のある日、いつものように先生が教室で一緒に給食を食べていたときだった。先生の右手に銀色のフォークが握られていたのだ。たちまち、それまで使用していた箸から親にねだってフォークを買ってもらい、先生の真似がはじまった。

四時間目が終わり給食の時間になると、先生は自分の机の引き出しからフォークを出して、教壇の上から生徒を見渡し、毎日誰かを指名してはフォークを洗ってくるように頼むのだった。

「今日は誰にたのもうかな」と、いつものように生徒たちを見回し、にこにこ笑いながら「アイツ」を指名した。「アイツ」はちらりと不満顔を見せながら立ち上がった。

先生の表情の中には、おまえが普段、いくらいばっていようと、みんな喜んで洗ってくれるのだから、おまえだけが特別じゃないんだから、さあ洗ってきなさいとみんなの前で、担任としての自分を示すかのように指名し、「アイツ」にフォークを差し出した。

その後、なにをするかは誰もわからなかった。たぶん「アイツ」もあの時点ではなにをするかまだ考えていなかったにちがいない。しかし、先生にとっては失敗だった。

楽しい給食の時間がはじまった。給食当番の生徒は、給食室にクラスの給食を取りにいき、ほかの生徒はわずかな開放感を感じながら手を洗いにいったり便所にいったりと、三々五々と散らばっていった。仙太郎もみんなと一緒にぞろぞろと便所にはいっていった。横一列のセメントの台の奥に二、三人がいた。「アイツ」の声が聞こえてきた。

「言うなよ！　言うなよ！」

「アイツ」が左右の級友たちに言いながら、手に持った銀色のフォークにおしっこをかけている信じられない光景を見てしまった。

そのことと直接関係があったかどうかはわからなかったが、しばらくしたある日の放課後、「アイツ」が先生に耳を引っ張られながら渡り廊下を引きずられて職員室に連れていかれる光景を見た。「アイツ」は斜めになって、つま先だって進むほかはなく、目を真っ赤にして耐えていた。

驚きのときが過ぎると、仙太郎は一緒に見ていた級友たちと、とうとうこのときがきたのだと、なにかうきうきする気持ちを共有していた。そして口には出さなかったが、みんな同じことを思っていたにちがいない。

「やっぱり、とうとう、そうだろう、しかたがない、あれでは……」

そして、これからは明るい楽しい毎日がはじまるのだと思った。

その後、「アイツ」がどう変わったかは定かな記憶はない。ただ、その先生の右手に、銀色のフォークを見なくなったのは確かだった。小学校の卒業記念写真には、なんとなく暗い顔の「アイツ」が写っていた。間もなく、仙太郎の一家は東京に引き上げた。

一八　妄想

仙太郎は山を見ていた。よく写生をした三角山だ。

これ以上の青空はないと思えるほどの秋の日、紅葉の鮮やかさを子ども心にも憶えておこうと思った。秋にまたきてもいいなと思いながら、ゆっくりと視線を上げた。鋸歯に縁どられた無数の小さな葉たちが光に透けて輝いていた。大欅は老いて木肌は朽ちかけても、夏の空に枝葉を広げて待っていてくれたのだと思ってみた。

重なり合う美しい緑の葉たちのために太陽が輝いているのか、太陽のために葉たちが輝いているのか。仙太郎はいつまでもここにこうしていたいと思いながらも、ゆっくりと立ち上がり築山に向かった。

築山にも何本かの欅がある。ここには杉の木もあったはずだと、ぼんやりした記憶の中の映像を探っていた。しかし、運動場の反対側に三角形の小旗をつるしたひもの端を結んだ杉の木がなくなっていたので、手前の築山に勝手に移してしまっていたことに気がついた。

築山の欅を眺め続けた。まっすぐ空に伸びていく幹の木肌が若々しい。すると突然、二股に分かれて伸びる幹の姿に、空に向かって逆さに開かれた女性の下半身に一瞬見えてきた。胴と二本の腿は、太さにあまり差がないほどにすらりと伸びきり、開き方もおとなしく、幼さを表しているようだった。よく見ると、股のところに細い一本の線さえ見えていた。

さらに欅の木々に目を移した。青空に向かって、あっちにもこっちにも逆さの下半身が開いていた。そして、開き方もそれぞれ微妙な個性を見せ、あたかも、なんらかの情感を表しているかのように木肌を盛り上げているものまであった。

老いてゆきながらも、自分の性的関心のなんらかの形での実現が、これから先を生きていくのに大切になってきていることに気づいていた。老いて若い女性の肉体へ近づきすぎると火傷をするから、ストービングを進めるのは正しいが、それならウオッチィングのほうがより安全だが、しかしと笑いをこらえながら、ミラーウオッチングはやめたほうがいいなと思う。

過去の性的エネルギーの残滓《ざんし》の悩みと、使用済核燃料の最終処理ができずにいることを酔いの中でこじつけてみた。「原子力基本法」に「わか国の安全保障に資する」という軍事用語を加えてしまい、核燃料サイクルに莫大な税金をつぎ込み続け、使用済核燃料から核兵器製造可能な四七トンのプルトニウムを現在保有し、「潜在的核抑止力」を手にいれてしまった。

往生際の悪い、これ以上の老醜はないだろうと思った。

では、人間の性的エネルギーの残滓処理はどうだろうと考えてみた。誰でも老いるのだ。後ろめたさを感じる必要はなく老醜に気をつけて、自然にまかせれば問題はないよと、笑いながら自分に言い聞かせた。

学生の頃に読んだ本を思い出していた。一人の兵士がレイテ島で結核のために芋四本を持たされ、部隊からも野戦病院からも追い出され、ジャングルの中で生死の境をさまよい、人肉まで食べてしまう物語だ。最後に主人公は頭に傷を受けて日本に送還され、精神病院で妻と医師との行状を見て呟くのだった。

「女はすべて淫売であり、男は人食い人種である」と。(『野火』大岡昇平)

世界は株高市場原理主義経済という戦場にある。兵器はスーパーコンピューターで、弾は投資という名の金で国境を越えて「株高」求めて撃ちまくっている。

その結果、実体経済をゆがめ、若者から正規雇用を取り上げ、長時間労働や残業代未払いのブラック企業で働かせ、若者の人肉を食べていることになるのだ。

本来なら、未来は若者のためにあるのだから、若者が未来に希望を持って、人間的に働ける社会にしなければならないのだ。このままの資本主義には未来は見えない。しかし、国民は政治を変えようとは思わない。選挙にもいかない。

仙太郎は酔いがさめていくのを感じながら、欅の木をゆっくりと見上げた。天空に広がる緑光の中には淫売たちが、あっちでもこっちでも相変わらず股を開いて美しく笑っていた。孤独と病、そして老醜に耐えられなくなったら、どうなるのだろうかと考えていた。やがてぼんやりと、いつか電車の中で見た文字が浮かんできた。

「六〇代の男の自殺は、女の七倍である」

本当だろうかと思いながらも、そうかも知れないなとふと思った。

一九　誕生会

レイコの存在は、小学校にはいる前の年から知っていた。四つ年上の姉が、休日に級友と学校の裏山に遊びにいくことになった。級友の一人がレイコを連れてくることを知り、姉は私を連れていくことにしたのだった。

レイコの家は町の銀行の隣に店を構えていた。その店で何を扱っているのかはわからなかったが、店の裏には二つの倉が並んでいた。過去に栄えていた時期があったことをうかがわせていた。

その日、レイコは仙太郎のことなどまったく眼中になく、年上の姉たちと楽しそうに話していた。裏山の洞窟や大楠の周りで遊ぶことに飽きると、山をおりて学校の講堂の中で遊ぶことになった。講堂には、厚紙でできた円形の大きな筒があった。仙太郎はその中にはいると押してもらい、だんだんとスピードを上げて講堂の床板の上をごろごろと転げまわった。

「わあ、仙太郎くんっておもしろいんだ」

レイコが筒から出てきた仙太郎にはじめて口をきいてくれた。仙太郎はこんなことでおもしろがってくれるんだと、今度は自力で転げ回ってみせた。

小学校に入学すると、偶然レイコと同じクラスになった。姉はよかったわねと言ったが、仙太郎は胸をドキドキさせ、一方でどのようにしたらいいのか不安だった。

いよいよ一年生の学校生活がはじまったが、仙太郎はレイコをただ遠くからときどきちらりと見るだけだった。若くて美しい担任の先生を見つめ、関心を引くことに一生懸命だったからだ。レイコとは一定の距離ができていたが、それはそれなりに安定していたのだったが、あのことは冬休み前の年の瀬に起こった。休み時間の教室だった。グループの中で話していたレイコが突然、仙太郎に向かって歩いてきた。

「お正月が終わって最初の日曜日、まだ冬休みなんだけど、お誕生会をやるの。仙太郎君もこない？」

あまりにも突然だったので、仙太郎は返事ができないでいた。

「男の子はタカシ君と二人だけど。後は先生と私たち。タカシ君たら、ご飯食べるときにご飯粒くっつけておもしろいんだもの」

自分にはタカシのようなおもしろいところはないのにと不安に思いながらも、オーケーの返事をしたのだった。レイコはくるりと向きを変えて戻っていった。

仙太郎はうれしさのあまり、スキップをしながら坂を下って家に帰った。早く姉や母に言いたかった。

「よかったわねー」

と、姉が言った。

「小学生になると、交際範囲が広くなってよかったね」

と、母が言った。

ウキウキした日々が続いた。誕生会ってなにをやるんだろう。なにかやらされることになったらと不安になったが、それでも楽しい思いが勝った。

二学期の修了式が終わり、教室の中で先生がくるのを待っているときだった。いつもの仲間と一緒に話をしていたレイコが近づいてきた。仙太郎をしっかりと見つめてこう言ったのだった。

「仙太郎君、悪いけど誕生会にこなくてもいいことになったの。いい?」

仙太郎は一瞬、誕生会が中止に、いやちがうと意味がわかると、レイコや周りに平気を装うために、気が遠くなるのを感じながらもやっと声を発した。

「うん、いいよ」

さらに表情をうかがってくるレイコの視線に耐えきれずに、仙太郎はわかった、わかった、早くあっちへいってと言うように、何回もうなずいて顔を伏せてしまった。

打ちのめされ、音をたてて崩れるように動揺していた。家に帰ってからどうしようと悩んだ。母に話したらどうなるだろうかと思った。予定通りに参加させてもらえるように交渉するかもしれない。そんなことになったら本当に恥ずかしい。

冬休みにはいり、正月が過ぎ、誕生会が一日一日と近づき、どうしていいのかわからないまま元気だけを失っていった。しかし、母や姉に悟られないように、いつもと変わらない様子を装うことで、精一杯の日々を送った。姉と誕生会になにかプレゼントは持っていかなくていいのという話になったとき、仙太郎の様子が急におかしくなるので見破ってしまった。

「誕生会、断られたんでは?」

仙太郎はとっさに否定してしまった。姉は怪訝な顔をしたが、それ以上は詮索しなかった。

正月が終わり、最初の日曜日は決定的に近づいてきた。「どうしよう」という苦しみと、気づかれないようにする苦しさが限界にきていた。唯一、お風呂にはいっているときがほっとでき、ぼんやりできるひとときだった。しかし、再び招待されることはない。解決策も思い浮かばない。気がつくと、お湯の中に顔をいれていた。苦しさをどのくらいがまんすれば心の苦しさと同じになるのか。ひょっとしたら息を止めている苦しさが、心の苦しさを消してくれるかもしれないと顔をいれ続けた。

二〇　誕生会の当日

誕生会の日がとうとうきてしまった。「なん時に出るの」という母の問いに、時間を知らされる必要のない仙太郎は返事ができずに、なんの考えもなく、朝からいくよと答えてしまった。

冬の寒い朝、家を出た。そして、家を出てどうするかを考えていなかったことに気がつく。しかし、考えたとしても小さな田舎町の冬の日曜日、小学一年生が時間を過ごせるところはなかっただろう。

歩き出してしばらくすると、姉の図星に「うん」と答えておけばよかったと思う。これからどうしようと、ノロノロと歩くほかはなかった。

町堀が目にはいった。立ち止まって中をのぞく。水は透き通り、川底をはっきりと見せ、川面は朝日を受けて輝いていたが、どこか人を近づけさせない冷たさを漂わせながら、滔々《とうとう》と流れていた。仙太郎は町堀から目を離した。すると、いつの間にか飼い犬のポチがついてきていることに気づいた。

「あっ、ポチ！」

ポチは頭を下げて、上半身と下半身を左右にバランスよく振りながら、目をしょぼしょぼさせ、あたかもこのたびはとんだことでと言いたげに近づいてきた。

「ポチ、一緒にいこうか」

そうは言ってもいくところはない。そのまま町堀に沿って歩き出した。仙太郎が歩き出すとポチも歩き出す。仙太郎が立ち止まるとポチも立ち止まる。なにも知らないでつくるポチが羨ましかったり、同行者だと思えたりする。

「ポチ、ありがとう。でも、おまえまで下を向いて歩かなくっていいんだよ」

やがて町堀は崖に突き当たり、南東に折れ、崖下を町の中心部に向かって流れてゆく。道幅も車がすれちがえるほどの広さになった。しかし、車はもちろん、人っ子一人歩いていない。

立ち止まって崖の上を見上げた。根っこが大蛇のように崖に絡みつき、岩を抱きかかえていた。そのため岩が落ちないでいられるのか、それともやっぱり岩があるので根っこがしがみついていられるのか、どっちなのだろうと思った。毎日のようにこの下を通っているのに、こんなことを考えるのははじめてだった。

見上げ続けることに息苦しさを感じ歩き出した。すると突然、そうだ今日一緒に招待されたタカシのところへいこうと思いつく。一緒にいけばひょっとしたら、誕生会に紛れ込めるかもしれないと考えたのだった。彼ならなにかの役に立ってくれるかもしれないと思った。そう思いつくと、なぜもっと早く気づかなかったのだろうと、町の中心部に向かって足を速めようと思ったとき、はっとしてポチを見た。ポチはもう離れていた。わかっていたのだ。放し飼いの時代、町中はそれぞれの犬の領域があり、ケンカなしには進めないことを。

「ポチ、家に帰りなさい」

仙太郎はポチの目を見ていった。そして足を速めた。ふり返るとポチもふり返ったが、家に向かって歩き出していた。

タカシの家は、町で唯一の酒づくり一族で酒屋をやっていた。店の脇からはいって、二階の窓に向かって叫んでいた。

「タカシクーン、タカシクーン」

二階の窓が開いて、タカシのお母さんの顔が見えた。

「あら、シマダくん、どうしたの？」

「タカシ君と一緒に、誕生会にいこうと思って……」

「ちょっとまってね」

ふたたびタカシのお母さんの顔が現れた。

「こんなに早くからはいかないって。ごめんなさいね」

仙太郎はレイコの家とは反対の方向に歩き出していた。やがて道が折れて、材木工場の脇を通り抜け、踏切を渡り、あぜ道を歩き出していた。濡れたふかふかの枯れ草の上をゆっくりと踏みしめながら歩いていたが、いつの間にかしゃがみ込んでいた。溶け出した霜が朝日を受けて枯れ草の上で光っていた。茶色の枯れ葉がただ重なり合っているだけだと思っていたが、赤や緑や黄色やえんじ色もあった。小さな紫色の花も見つけた。

沈黙する寒い冬の朝、かすかな暖かさの中で霜を溶かし、じっと身動き一つしないで輝いている枯れ葉に別れを告げて、あぜ道から田んぼに降りてみようと思った。

稲刈りはとうに終わり､掘り起こされた土の間にたまった水が白く凍っていた。薄《うす》ら氷《ひ》だ。片足を伸ばして徐々に体重をかけてみたがぴくりともしない｡両足を乗せても大丈夫だった。今度は場所を変え、朝日を受けて白くなっているところで静かに体重をかけてみた。すると今度はがさっと音がして足が沈んだ。

田んぼを見渡すと、山からの朝日を受けて、白く輝く薄ら氷から切り株たちが顔を出し、整然と並んでこっちを見ているようだった。

「おはよう、切り株君」

と、心の中で言ってみた。そして田んぼを離れた。

仙太郎は稲木小屋の脇に腰をおろしていた。くすんだ緑色の竹林と茶色の山を背景に、白い帽子をかぶった藁ボッチを見つめながら、音もなく動くもののない中でじっとときの経つのを待った。

動くものはないと思っていた。しかし、なにかが動いたような気がした。セキレイだった。白と黒のスラリと伸びた尾は上下、頭は前後に動かしエサを探していた。自分以外に動くものはないと思っていたのでうれしかったが、すぐにまたどこかへ飛び去ってしまった。

音のない静寂の中に戻されたが、しばらくするとなにかの音を聞いたような気がした。音がしたほうに耳を傾け、目をつぶって待った。すると、今度はしっかりとなにかの音を聞いた。「ツア」という音だった。はっきりと聞いた。小鳥の声ではない。目の前の田んぼのほうから聞こえてきた。仙太郎は田んぼを見つめ続けた。そして、とうとうその音の正体を知った。「ツッア」「ツツア」「ツッカ」「ツツカ」とあっちこっちから聞こえ出したのだった。朝日を受けて、薄ら氷が割れるときに漏れる音だった。うれしい驚きだった。

ゆっくりと立ち上がって、稲木小屋を離れ川に向かった。土手を登ると川が見えた。夏なら毎日遊ぶところだ。しかし冬の川はちがう。近寄りがたいものを放っていた。それでも皀莢橋《さいかち》から下をのぞいた。さらに近寄りがたい冷たさを漂わせた淀みが、今までに見たこともない静かな流れを見せていた。

河原におりていった。石の上に座り、川の流れを見つめた。岩礁に砂金とりの穴が見える。流れは岩礁で二分され、さらに幾通りもの流れに別れていく。早さを失い、いったん岸辺にたどり着いた流れも、やがて後からの流れに合流して、再び早さを取り戻して流れていった。

川の様子が変わったような気がした。同時に流れの音だけではない「シャリシャリ」という音が聞こえてきた。一体何の音だろうと水面に目を走らせた。目を奪われた。あっちにもこっちにも、いつの間にか水の中を流れていく、色々な形をした氷を発見したのだった。その氷がふれあう音だったのだ。そうだ、これがいつか大人たちが話していた「シガ」なのだろうと思う。朝日を受けて、小さな白い輝きを放しながら、無心に見続ける仙太郎の前を次から次へと流れ続けた。

ふと、どのくらいシガを見続けていただろうかと思い、シガに別れを告げ、川を離れなければと思う。

気がつくと小学校への道を歩いていた。大きな竹箒を逆さにしたような葉をすべて落とした大欅が迎えてくれた。石碑の字を読めるところを読んでみた。町に鉄道が敷かれたことや、電気敷設工事のことが書かれているようだった。すぐになにもすることがなくなり、裏の神社に向かった。さらに神社の脇から小さな蒟蒻神社の前を通って裏山へと登った。入学する前に姉やレイコたちと登ったところだ。とにかく頂上で時間をつぶし、これからのことを決めようと思った。

尾根に登ると神社の屋根が木々の真下に見え、その向こうに町の屋根たちが並んでいた。東のほうには銀行の避雷針が見えていた。あの銀行の隣りのレイコの家の二階では、今頃先生も交えて誕生会をやっているのだろうと思った。

尾根をそのまま進んで大楠にたどり着き、下から見上げていた。樹冠を携えた幹が横へ横へと伸びていて、あたかも両手を広げて待っていてくれたようだった。石の賽銭入れがある。この町の神木かもしれない。そばに腰をおろした。町の屋根たちが見渡せるこの場所は、仙太郎をなぜか落ち着かせてくれた。

ポチは無事に家に帰れたろうか。大丈夫、何度か経験しているし、今頃はとっくに家に帰ってご飯をもらっているだろうと思った。ちらりと空腹を感じた。朝、便所にいってこなかったことも頭をかすめた。

お昼もかなり過ぎたかなと考えていると、おやっと感じた。大楠の樹冠の間から時々差し込んでいた光が消えていた。辺りは気がつかないうちに、暗くなってきていた。空には鉛色の雲畑がいつの間にか湧いていた。そのとき、ゴーと言う山鳴りが聞こえてきた。ぞくっとして辺りを見渡した。大楠の樹冠が風の中で激しく揺すられ、葉が水平に飛び去ってゆく。竹林のほうからは風の音が絶えることなく聞こえてきていた。

仙太郎は細い山道を体重を左右に移動しながらジグザクに駆けおりていた。そして、なぜかレイコの家のほうに向かっていた。

レイコの家は道路に面した二階建てで、左側に入り口があった。いったん通り過ぎたが、振り返って二階を見上げたとき、あの中であこがれの先生も交えて、楽しいなにかが行なわれているのだと思った次の瞬間、悲しみと怒りの混じった感情が一気に膨れあがり、誕生会にはいっていけという、自分では抑えられないマグマが体を入り口に押し込んだ。

「レイコサーン、レイコサーン」

自分のやっていることの大胆さを感じながら、なおも大声で叫けんでいた。

二階から誰かがおりてきた。レイコの母親だろうか、あなたは誰と無言で問いかけてきた。しかし、膨らんだ感情を必死に抑えているだけで精一杯だった。母親の後ろに困った顔をしたレイコの姿が見えた。そして母親の耳に背伸びしてなにかを話した。すると表情を和らげてくれた。仙太郎はなにも言えないまま、母親の表情にすくわれたが、次の瞬間、

「私、仙太郎君のこと、断ったのよ」

レイコが母親に言った言葉がはっきり聞こえてきた。

仙太郎はレイコを見た。レイコは非難めいた視線で見つめ返してきた。レイコの後ろに顔が増えた。タカシや先生、誕生会に呼ばれた顔がいっせいにこちらを見ていた。もうその場に立っているだけで精一杯だった。

「私、断ったのよ。だって。タカシ君が、断れってしつこいんだもの」

仙太郎は、えっ？　タカシが？　なにか決定的なことがレイコの口から出たことがわかった。

「大丈夫よ、一人ぐらい。さあ、嶋田君、お上がりなさい」

と、にっこりと笑いながら言ってくれたレイコの母親のやさしさが、マグマが吹き出すきっかけとなってしまった。

「わーー、あーーー！」

仙太郎は大声を上げて泣き出していた。何日間も抑えていたものが一気に破裂してしまっ

た。泣き声とともに、鼻水も大音響のオナラも噴出してしまっていた。しかし、残念ながらお尻から噴出したものは空気ばかりではなかった。がまんしていた括約筋もそのはずみで開いてしまったのだ。仙太郎はとんでもないことになったことに気づいたが遅かった。お尻の異変がはっきりとしてきた。その場の全員からさらなる好奇の視線がいっせいに注がれた。いったいなにが起こって、どうなったのと問うていた。

雪混じりの冷たい風が山から吹きおりてくる中を町の端から端に向かって走るような、歩くような、奇妙な足どりで家に逃げ帰った。

帰り着くと母は不思議にしかりもせず、すぐに風呂場につれてゆき、服を脱がせてきれいにしてくれた。

次の日は雪も上がり快晴だった。洗濯物を干し終えた母はずっと無口だったが、意を決したように仙太郎に言った。

「いってこよう」

仙太郎は母の後ろから雪間を求めて歩いていた。下を向きがちになってしまうのは、泥濘を避けるためばかりではなかった。

冬の高い青空に白い雲がゆっくりと流れていた。

二一　雪合戦

仙太郎は築山から北側の三階建ての校舎を見ていた。あそこには古い木造の校舎があった。校舎の前に池がつくられクラス写真を撮った。

冬の放課後には池の側を通り、石炭小屋に石炭を取りにいく当番の生徒の姿があった。係の上級生にスコップでバケツに石炭をいれてもらう。翌日の朝のために、教室のダルマストーブの上には水のはいったバケツを置き、そばには新聞紙と薪、もらってきた石炭を用意しておくのだった。

八溝颪《やみぞおろし》が吹き、雪はそれほど積もらなかったが、三、四年生のときだったか、珍しく雪が積もったことがあった。あの辺だったろうか、クラス対抗の雪合戦が自然にはじまったのは。

劣勢になった仙太郎たちは、ばらばらになって校舎の裏に逃げ込んだ。すると、ほかのクラスの女性徒を見つけて雪をぶつけていた。だんだんエスカレートすると、女性徒たちを校舎の間に追い込み、至近距離から猛烈に雪をぶつけていた。仙太郎はその中にレイコがいることを知っていた。そして、レイコに雪をぶつけている自分に気づいていた。

「なんで私たちをやるのよ！　あっちで男同士でやってよ！」

叫び声が聞こえた。レイコだった。顔に当たった雪が溶けたのと涙とが一緒になり、顔を変形させて泣いていた。

仙太郎は雪の運動場に向かって走っていた。走りながらレイコの泣き顔を思い出していた。女生徒に雪をぶつけてしまったということよりも、あのレイコに雪をぶつけることができたという気持ちのほうがどうしても勝っていた。

そして、はっと気づいたときにはもう遅かった。ほかのクラスの男子生徒に取り囲まれ、四方八方から猛烈に雪が飛んできた。仙太郎は身をかがめ、体を低くして前後左右に体を動かし、飛んでくる雪を避け続けた。しかし、ますますはげしさは増すばかりだった。そんな中、やられてもしかたがないなと思っていた。

とうとう倒されて、何人かに押さえつけられた。襟首から雪が押し込まれてきた。冷たさと恐怖感の中にいたが、一皮むけた非日常的な未知の経験を新鮮に感じていたところもあった。突然、どこからか見ていたのだろう、先生の声がして解放された。一人、雪の中を全速力で逃げた。しかし、心の中は不思議にすがすがしかった。

一二　白い傷跡

仙太郎はこの町で、かつて一緒に生活した人々で思い出せる人が意外に少ないことに気づき出した。思い出そうとすると、過去を照らす光が消えてゆき、もどかしさだけが濃くなってくる。予定通り、浦島太郎になってしまったのか。

ならば、前に向かって進めばいいのだと、過去から離れるように運動場を出て、道路を歩きはじめた。

あの頃は、所々に石が顔を出していたデコボコ道だったなと思いながら、舗装されてのっぺりっと広くなった道を進んだ。バイパスとして利用しているのか、たまに車が走り過ぎてゆく。

ふと、あれは小学校の何年生の頃だったろう、痛い右足をそろりそろりと前に出し、とっぷりと暮れたこの道を家に向かって歩いたことがあったのだ。

それは、逆立ちが流行り出したときだった。放課後の校庭で逆立ちで歩く距離を競っていた。

そんなある日、仙太郎は誰もいなくなった学校の廊下を逆立ちをして一人で歩いていた。自分では、廊下の真ん中をまっすぐ進んでいるつもりだったが、だんだんと窓側に近づき、背中からお尻へと崩れるように前方回転で倒れていった。しかし、右足だけはなぜか体と一緒に廊下に落ちてこなかった。なぜ右足がという疑問と、激しい痛みが同時に襲った。ランドセルを掛けるL字型のクギが、右足の甲の皮膚の下に入り込み、つり上げていたのだった。

しまった、またばかなことをしてしまったという後悔よりも、激痛からの解放が最優先で、どうしたらいいのか、一刻も早く引き抜くためにはどうしたらいいのか、どの方向に足を引き抜けばいいのか。誰もいない、自分でやるしかない。両手でつり上げられた右足のふくらはぎを持ち上げながら、えいっと引き抜いた。そしてそのまま廊下に倒れ込んだが、ズキン、ズキンという激しい傷みが峠を越えるまでにずいぶんと時間がかかったように思う。

家に帰らなければと立ち上がったが、ヒリヒリという傷みに襲われた。下駄箱の前で、右足は靴が履けないという現実に向き合うことになった。親指だけで靴をゆっくりとつり上げてみた。またズキン、ズキンとくる。しかし、これ以外の方法では家に帰れないと痛みに耐えて、右足の親指で静かに静かに靴を持ち上げて、一歩一歩前に進んだ。

少しでも動作を速めるとズキン、ズキンとストップをかけてくる。ゆっくり進むほかはなく、あまりのはかどらなさに泣きたくなりながらも、暮れかかる坂道をおりていったのだった。

あの時は本当に痛かったなと思い出していた。傷跡を人生の途中まで時々憶えていたような気がした。

ふと、今でも残っているだろうかと思う。県立の女学校があったところに記念碑があり、その下に腰掛けて靴を脱いでみた。右足の小指の上のところに、かなり薄くはなっていたが、白くなった二センチほどの傷跡が確かにまだ残っていた。そうか、五〇年以上も経っているのにまだ残っているなんて、やっぱりあのときは痛かったんだ。こうやって右足の親指で靴をつり上げてゆっくり、ゆっくりと歩いたんだからなと、あのときと同じように、右親指で靴をつり上げてみた。そしてゆっくりと前に出してみた。ちょっとでもスピードを出すと、ズキンズキンと本当にあのときは痛かったなともう一歩を出してみた。そのとき、はっとした。視線を感じたのだ。しまった、変なところを見られてしまったと思い振り返ると、じっとこっちを見ているキツネ色の犬が目に飛び込んできた。

「なんだ、ポチか……」

早くもポチと名づけていた。むかし、小学校にはいる前に飼っていた一代目の赤毛のポチに、なんとなく似ているような気がした。

「ポチ！」

ポチは頭を低くして、いやー、何してたんですか、理解できないけどまあいいかとでも言うように近づいてきた。

腰をおろし、両手でそっとポチの頭蓋骨に沿うように、やさしく何度もなでてやった。

戦後の食糧難がまだ残っていたのだろうか、一代目のポチは食べられてしまった。ポチがいなくなって数か月たったある夜、警察だという人がやってきた。

戸袋を少し開けて母が応対していた。仲間と橋の下で食べてしまったことを謝罪にきたのだった。警官の後ろにその男が立っていることを知り、母は謝罪を受けるよりも早く帰ってもらうことに専念していた。ましてや、ポチの肉はあまり美味しくなかったなど聞かされてはなおさらだった。後ろで聞いていた家族も母の気持ちと同じだった。

二三　材木工場

仙太郎はポチと目線を合わせた。ポチは頭を下げてなおも近づいてきて、懐にすり寄ってきた。後ろに倒れそうになり、手をついて立ち上がって言った。

「ポチ、じゃあ一緒にいこうか」

坂道を一緒に下りはじめた。雨が降るとドロドロになり、馬車が登れずに馬がいななき、ぬかっていない端を見つけて、助走をつけて一気に駆け上っていく姿があったなと思う。あれから比べたら、うそのようにゆったりとした坂道になっている。途中から家への近道があったはずだと探していた。

近道は昔、デコボコ道だったが立派に舗装されていた。しかし道幅は狭く、左右から雑草が生い茂り、先行きが不透明だった。人家は見えていたが道筋が見えない。諦める。そして、自分のこれからの人生と似ているなとちらりと思う。

「ポチ、広い道をいこう」

しばらくいくと左手の下に、おや、この広がりはなんだろうと思う。材木工場だった。そうだ、ここでもよく遊んだなと見つめ出すと、一本の材木もなく屋根と柱だけで、工場は閉鎖されていることがわかった。

「ポチ、ちょっと待っててね」

吸い込まれるように草の生い茂った土手をおりていった。道路に残ったポチが随分と高いところに見える。

閉鎖されて誰もいない工場は、圧縮されたような近寄りがたい空気を感じさせたが、かき分けるように近づいていった。材木が積み上げられていたのはこの辺りだったろうか、しかし、草の中にセメントの地肌が少し見えているだけだった。あの頃は、工場のいたるところにふかふかの大鋸屑《おがくず》が敷かれていた。工場の中を見渡すと、鋸もトロッコもないが、二本の錆びたレールが残されていた。おやっと思った。レールは道路に平行していたと思っていたからだった。

レールに合わせて頭の中で工場全体の向きを訂正した。すると、レールに沿って工場の壁が立ち上がり柱が増えた。冬には大鋸屑をゴーゴーと炊いていたストーブが、事務所のガラスから見えていた。

職人は幅広のバンドを肩から背中に掛けて、トロッコに乗せた材木を猛烈な勢いで回転して待っている丸い鋸の刃に向かって真っすぐに押し進むのだった。

　特に材木が太いときには鋸の刃も大きく、そのとき職人が見せる真剣味は、いつもにも増してすごかった。材木に刃が入った瞬間、キーンという音がして、大鋸屑が雪のように舞う。仙太郎たちは飽きずに眺めていた。

　ある日、ふかふかの大鋸屑の山にみんな裸足で跳ね回って遊んだことがあった。思い切りジャンプして、大鋸屑の中に飛び込んだ瞬間、するどい痛みが足の裏に走った。またかと思いながら座り込んで、おそるおそる足の裏を見ると、親指のつけ根のところがぱっくりと口を開けて、大鋸屑が一粒一粒、行儀よく並んでいる。側に三〇センチほどの木の皮があった。

　よくケガをしたなと薄笑いを浮かべながら、ポチが待っている道路に戻った。

「ポチ、お待ちどうさま」

　やがて道も昔の狭さに戻った。小さな十字路に出た。西に進めば元住んでいた家のあったほうに、真っすぐ進めば父が生まれた東北に近い村につながっていく。東に進めば山に向かう。

「ポチ、どっちにいこうか」

　仙太郎はちらりと空腹を感じた。

「そうだ、ポチ。山の神社に登ってあそこで食べよう、見晴らしもいいし、どう?」

ポチは、仙太郎のほうを見上げた。異議がないようだった。

「よし、それじゃあ、出発しよう」

二四　愛宕神社

仙太郎とポチは東に曲がった。道はさらに狭くなり、どの家にも人の気配がなく、どの家を見ても思い出すものはなかった。それでも道から少しはいったところに、小さな鳥居を見つけたときには「あーこれだ」とほっとする。

鳥居の古さからすると、父も仙太郎もこの鳥居をくぐって、愛宕神社に登ったのだと思う。道の勾配はしばらく穏やかだった。横木と横木の間に溜まった枯れ葉を踏みしめながら、遠い子どもの頃に帰っていくように歩を進めた。

やがて横木はなくなり、道はさらに狭くなり山道になった。立ち止まってこれから登る山を見上げた。頂上の木々の間から神社の鳥居の上の部分が見える。山道は急だがそれほど高くはない。

小学校に入学する前後、愛宕町で大火事が二度あった。そこで、町内で祈祷をしてもらうことになった。当日、母が仙太郎を連れて教えられた家に着いたときには、すでに祈祷ははじまっていた。白装束の女祈祷師は、大きな弓の弦を右手に持った棒でぶんぶんとたたきながらなにか唱えていた。母は仙太郎を口実に早々に引き上げた。翌日、母から「お告げ」の内容を聞かされた。

「愛宕山の愛宕神社が長年に渡って粗末にされてきたために、神様はリヤカーを山から落としてみんなに知らせたはずだったが、気づかなかった。それで、神様が怒って大火事を起こしたのだ」というものだった。たしかに、山からリヤカーが落ちたことがあったと寄付を募り、神社を建て直して山道を整えて、ツツジを植えたのだった。

登り切った仙太郎は、右手の神社の鳥居に向かおうとしたとき、左手の林のほうからなんだろうという涼しさを感じた。真夏の中を歩いてきたため抗しがたいものを感じて、ポチを置いて杉林の中に見えていた檜皮葺の小さな四阿に近づいていった。ひょっとしてこの涼しさは嵐気かも知れないと一人で納得していた。

やがて小さな石碑を見つけた。義公日光廟遙拝の地とあった。義公？

子どもの頃、水戸出身の母から聞いたような気がした。「ギコウサマ、レッコウサマ、ゴンゲンサマ……」。「義公」とは、「黄門様」のことかなと思いながら、朝のトイレ探しのときに大変お世話になったと場所と同音だなとふと思いながら笑っていた。ポチがこっちを見ている。

「よし、わかったよ」

神社への最後の階段を登り鳥居をくぐった。そして小さな神社の周りを一回りしてみた。左右の外板に墨で書かれた名前は、五〇年以上も経っているのに雨のかからない上段にいくに従ってはっきりと読むことができた。しかし、読めた名前から父以外の人はどうしても思い出せなかった。

二五　父の葬送

父はD町からさらに八キロほどはいった東北地方に近い寒村で、明治の終わり頃、一二人兄弟の一〇番目として生まれた。長い間一〇番目と思っていた。父も否定しなかったが、父の死後、戸籍謄本で九番目だったことがわかった。

一二人兄弟のうち、二人は一歳と三歳で病死し、もう二人も二〇代と三〇代で病気で亡くなっていた。長兄は八人の子どもをもうけたが、五人が一歳から五歳までで亡くなり、長男は三一歳でニューギニアで戦死していた。

父の兄弟は、長男以外は尋常小学校を卒業すると、養子か丁稚か書生に出された。D駅前のシャッターの降りていた時計店は、丁稚に出された六男の弥助叔父が念願の独立を果たし出すことができた店だった。

三男は篤志家《とくしか》の医家に書生にはいり、二〇代そこそこで国家医師開業試験に合格し、開業して成功した。東北の麒麟児と言われたことがあったという。

父は尋常小学校を出て高等科で終わる予定だったが、成功した三男に旧制中学と医科専門学校を出してもらった。

　末期がんで病院のベッドにいた父が、東京での下宿生活についてはじめて仙太郎に苦しかったことを語った。

「月二五円の仕送りだったからな。それも、ときどき遅れてなー」

　二五円のうち、一九円は朝夕賄いつきの下宿代で、残りの六円で一か月の昼食代、風呂代、散髪代などにあてたという。

「二〇銭以下の昼飯を探すのが大変だったからなあ。下手をすると、昼飯抜きの日があったからなあ」

　病室の壁の一点に視線をおきながら、笑顔を絶やさずに語る父の顔があった。

「意固地の嶋田って、言われていたんだよ」

　年に一、二度はどうしても新宿の街に、コーヒーを飲みにつき合わざるを得ないときがあったという。そんなときにも、「僕は、コーヒーは嫌いだから」と、水で通したという。

「鬼のようだったなあ。鬼っていうあだ名がついていたんだよ」

　父は笑いながらさらに続けた。旧制中学時代の父は、鬼のようだと言われた兄嫁から食事毎に小言を聞かされ続けたという。そのため父はいつも早く食べ終わりたいと下を向いて一心に食べ、その習性が生涯残ったという。

父は、書生から歯科医になった五男の仙五郎兄の紹介でお見合いをして結婚をした。長女が生まれたとき、兄嫁は入籍に反対し数か月遅くなったという。

兄嫁がなぜこのような絶大な権力を握ったかは、彼女の性癖もあったろうが、わけもあった。

仙太郎の祖父は、村で神様というあだ名がついていたという。お人好しのところがあったのだろうか。だまされて山や田畑をとられ、没落農家になってしまったという。

三男は若くして開業医になり、実家の山や田畑を少しずつ買い戻し、父をはじめとして兄弟の面倒を見たのだった。その嫁である彼女は、お金とともに一族に口も出し、その厳しさから、鬼のようだと言われるようになったのだった。

「勉強どころじゃなかったなあ」

そう言う父にも解放のときがきたのだった。卒業して医者になり、九年間の医局生活に打ち込むことができ、恩師の出身校の帝大で学位もとった。兄嫁からの仕送りから卒業できた。医局生活九年間を支えたのが、夜の診療所でのアルバイトだった。

敗戦後まもなく、父は三九歳から一〇年間をこのD町で開業した。文字通り野山を越え、川を渡り、自転車での往診からはじまった。夜遅くなっても往診から帰らない父を待つ母の姿があった。父は糖尿病があり、体のだるさはひとしおだったのだろう。うつぶせになった父のふくらはぎの上に乗って、小学生の仙太郎はイッチニ、イッチニと体重を左右に移動させてもんだのだった。

そしてまた、肝不全が進行するに従って、全身のだるさが募ったのだろう、父がまた言った。

「足をもんでくれや」

仙太郎は病院の父のベッドの裾に上がってあぐらをかき、両腿の上に父の両足をのせて生涯の感謝と別れを思いながら、張りのなくなった小さな父のふくらはぎを、まだ生きているこのひとときを、できることならばときを止めたいと思いながら揉み、さすり、指圧を繰り返した。

父は落ちくぼんだ眼窩《がんか》を静かに閉じていた。耐えがたい心地よさを感じ続けていてくれたのだろうか。最初で最後のわがままのように、もういいよとはなかなか言わなかった。

仙太郎は六〇歳の定年まで一年ちょっとあったが、勤務の許す限り、父のベッド脇の長いすに寝袋を広げて寝た。いつものように寝袋から手を出して父の手を握っていると、父はやがてすっと手を引いて寝にはいっていくのだった。

ある日、看護師さんが微妙なニュアンスで、この病院は完全看護ですのでと説明しにきた。なんのことかなと思ったが、泊まってくれるなと言うことだとわかる。一応、許可は得ていたので予想外だった。病院に泊まらなくなってしばらくすると突然、父がいつになく切迫した目を仙太郎に向けて言った。

「退院できないか」

治ることがないのだから外泊はあり得るかもしれないが、退院はあり得ないだろうと考えていたので心の中で狼狽を感じた。しかし、父の目に表れている、病院ではなく家に帰って死にたいのだという強い願望に押された。

「じゃあ、相談してみるよ」

予想に反して医師は在宅看護に賛成してくれた。胆汁をぬくチューブをお腹に刺したままの父を車から抱きかかえて家のベッドに運んだ。

家に着くと父は二つのことを言った。一つは家に帰れてうれしいと。硫黄島への出兵がとりやめになったときと同じくらいだと言った。

仙太郎はそのとき、ふと思い出した。子どもの頃に父に聞いたことがあったのだ。

「どうして、戦争に反対しなかったの?」

父は「反対なんて」と言って黙ってしまった。あの時代、戦争反対と言うのは命がけだった。子どもが考えるほど安易なことではなかったのは確かだ。じゃあ戦争反対と言える現在、大人たちはどうだろうかと思ってみた。やはりコンフォーミスト（自分の意見は言わない。権力・体制に従う）が仙太郎自身をも含めて、現在も問われているのだと思う。

もう一つは予想外のことだった。床の間の絵を書に代えてくれと。書には「天空托鳥飛」とあった。死への心の準備だったのだろうか。

「父よ、私もまた、いつか死に向かうときには、天空という自然の中へ鳥になって、あなたのところに飛び立っていきます」と、書を見つめる父の姿に心の中で語りかけていた。

帰宅して元気な三日間が過ぎ、胆管癌からくる肝不全は確実に進行していった。二週間が過ぎ、身の置きどころのない全身の苦悶が二晩続いた。座薬を一〇ミリから二〇ミリに変えてはもらえないかと相談した。それは断られたが、（そのときには理由がわからなかったが、後日理解できた）代わりに座薬をいれる間隔を短くすることは考えられるという返事をもらった。

仙太郎は父の夜半の苦悶に耐えかねて、いつの間にか寝てしまった。ふと目を覚ますと、ベッドに腰掛け、父に寄り添い、足をさすっている忘れられない母の姿があった。

仙太郎は苦しがる父に、一〇ミリの座薬を夜半と朝にいれて出勤した。

休暇をとって少し早めに帰ってきた仙太郎は、駅から電話をいれた。母はバスではなく、タクシーで帰ってくるようにと言う。

家に着くと、父の表情に苦悶はなかった。

穏やかな別れが近づいていることがわかった。仙太郎がベッドに近づくと、肘をまげて右手をゆっくりあげてくれた。

「……」

言葉を発することはなかったが、目の表情は意外に気軽そうで、ヨオー、待ってたよ、お帰り、とでも言いそうだった。

それから一時間ほどして、母の感謝と別れの言葉にかすかに開かれていた目に、小さな滴を宿し、吐く息だけが感じられていたが、息を引きとるという言葉通りに、最後の息をスウーと引きとった。

仙太郎はこうして地上最強の味方を失った。しかし、悲しみの中にいながらも不思議に生き生きとして、父を送り出す作業にはいった。別れに際して、次のような弔辞を読んだ。

「本日は、お忙しい中を父・故嶋田仙重郎のために、ご会葬いただき大変ありがとうございました。

父は、一〇月一七日から二六日間の入院生活の後、自宅に戻り、一六日目の一一月二八日午後六時過ぎ、九四歳と七か月で肝管癌による肝不全のために永眠いたしました。

父は一九〇七年、明治四〇年に茨城県の依上村・上金沢というところで、一二人兄弟の一〇番目として生まれました。尋常高等小学校を卒業後、兄・仙三郎氏の援助により、旧制中学と医科専門学校に進学させていただきました。卒業後は生涯敬愛してやまなかった岩男督先生の内科医局で、父の人生で一番充実した九年間を送ることができました。学位をとり、趣味を広げ、結婚もいたしました。

しかし、人類にとって最大の愚行であり、いまだに乗り越えることのできない戦争により、立川飛行機の付属病院に勤務することになりました。その後招集を受け、訓練の後、硫黄島への出兵が決まりました。お茶の水駅頭で三〇分が最後の面会でした。すでに茨城県の田舎に疎開していました母は、一歳に満たない私を背負い、やっと切符を手にいれ、空襲の危険を押して上京しました。そのとき、兄・仙五郎様は、大切な一人息子をつけてくださいました。父は、「兄貴は……」と、生涯感謝をしておりました。

戦後、一九四六年、昭和二一年、父三九歳から一〇年間、茨城県のD町で開業いたしました。もの・薬のない時代でしたが、文字通り野山を越え川を渡り、自転車で夜遅くまで往診をして歩く日々が続きました。

また父は、時間の許す限り夏の日の夕暮れ、清流での魚釣り、昆虫採集、化石や石器や矢じりの採集にと、私たち子どもの相手をしてくれる、生涯を通して感情を荒げたことのない、優しい父親でした。

一九五六年、昭和三一年、父四九歳からこの地で八四歳の誕生日まで、三五年間開業させていただきました。

晩年の父はなによりも囲碁を好み、この町内会館の二階での毎日曜日を楽しみにしておりました。仲田様をはじめ、囲碁のお仲間のみな様、本当にありがとうございました。本日、この会館から旅だてることに父も喜んでいることと思います。

思えば、電気も水道もガスもない、ランプ時代の少年がこの激しい変化の時代を、たくさんの人に助けられ、幸運にも恵まれて、九五年の生涯を生き抜くことができましたことに、父も満足していることと思います。

「おじいちゃん。長い間、私たちを大切にしてくれて、本当にありがとうございました」

と言う母の言葉に、かすかに開いていた目に小さな滴が宿りました。

「みんな、ありがとう。くよくよしないで、元気出して生きるんだよ」

と、滴の意味を解釈したいと思います。

この間、たくさんの方々から心のこもったお見舞いをいただきました。本当にありがとうございました。

そして、橋本医院の大先生、若先生。幸福病院の塚田先生、藤本先生。須藤さん、佐々木さんをはじめ、たくさんの看護師さん。看護助手の明るく元気な山道さん、新井くん。在宅になりましてからの看護センターの馬田さん。毎日きてくださいました「はる風」の端本さん、鎌倉さん。仕事を超えた献身さに心から感謝いたします。

母も「がんばる」と言っております。鈴木様をはじめ、ご近所のみな様、機会がございましたならば、勝手な御願いではありますが、今までに増して、ひと声かけてくださることをお願いいたします。

昨日、そして本日と、遠いところからもご会葬いただきました。本当にありがとうございました。

最後になりましたが、父をこの会館から送り出すにあたり、町内会の石山様、寺脇様をはじめ、たくさんの方々の、暖かい無償の援助がありました。親戚一同、心から御礼申し上げます。

歌　一首

天空に　託されて飛ぶ　父の鳥
　寂しくも見え　自由にも見え

すこし誇張もあったが、弔辞をそう閉めくくった。歌は他に、二首詠んだ。

天命と　言い聞かせても　寂しさが
　今しばらくは　あふれいでにし

旅終えた　父を迎えし　大銀杏
　上金沢の　風にたゆとう

上金沢とは父の生まれた村で、法竜寺というお寺があり、そこには大銀杏と親鸞の孫の如真上人の墓があった。

父が亡くなってしばらくして、五木寛之さんの『歎異抄』と『口伝鈔』の話の出てくるCDを偶然買った。『歎異抄』よりも、親鸞の孫の如真上人の思い出を、曽孫の覚如がまとめた『口伝鈔』のほうが親鸞を身近に感じられるというお話があった。そして、親鸞の中心的な考え方として二つのこと、「往還《おうげん》」と「絶対他力」をあげられていた。そして、「絶対他力」などのお話の中で、夏目漱石の晩年の境地、「則天去私」も例にあげられた。

父が退院して家に着くと、掛けてくれと言った掛け軸「天空托鳥飛」は、鳥は神の使いであり、死者の霊を天に運ぶという大昔の人の信仰の言葉で、父の霊は無事に天空に運んでもらえただろうと思う。

社会に出られなかったモラトリアム時代、黙って支えてくれたこの世で唯一の人だった。迫ってくる出棺のときまでに、口がだんだんと開いてくる父の死顔を一〇枚ほどスケッチをした。一応のファザコンとして、見送ることができたなと微笑むことがある。

二六　夏の川

愛宕神社の寄進者の中に、墨で書かれた薄くなった父の名を見つけてしばらくして、仙太郎はやっとポチのほうを見た。ポチも仙太郎を見た。

「ポチ、お腹すいたろう。遅くなったけど、お昼にしようか」

ポチは目をショボショボさせて、待ってましたと伸びをした。石段の日陰に腰をおろし、まずは口からのどへ、そして胃へと残りが少なくなっていくなと思いながら「奥久慈」をゆっくりと落とし、カツサンドからカツをとり出し石段の上に置いた。

「ポチ、おまちどうさま」

ポチはゆっくり立ち上がると、前足を石段にかけ、意外な早さでパクッとくわえ、アニマルチックに丸呑みした。

「ポチ、そんなに急いで食べると、あげるものがないんだよ」

ポチはおいしかったよ、ついてきたかいは一応あったけど、もうちょっとほしいなという顔をした。

「パンも食べる?」

今度もペロリと食べた。もう少し買ってくればよかったかな、ゴメンねポチと思う。

さっきから家のあったほうを見おろしていたが、やがて視線は、田んぼと川と山々へと移っていった。

夏は毎日のようにあの川で遊んだのだ。小さく白く泡立っている関が見える。関の上の淀みは弁天淵と言った。草で河原が見えない。夏なのに水遊びをする子どもの姿が見えない。大岩を探したが大岩も見えない。大岩の上にあった大きな木も見えない。

ある夏の日、突然、背の立たないところにいけるようになった。うれしさのあまり、ツタにぶら下がり、大岩から一番遠くに振り切ったときに手を離し、何度も何度も水中に飛び込んだ。一瞬、この早さで沈んでいったらと不安になったが、すぐにゆっくりと浮上をはじめるのだった。水面が近づくに従って、ぼんやりとしていた太陽がだんだんと輝きを増して、水面に出る直前には太陽の輝きは頂点に達し、乳白色の閃光となって水中の小さな物体を一つ一つはっきりと見せてくれた。子どもたちは水の中から見る近づく太陽に導かれて、水中で目を開けることを憶えたのだろう。

おやっと思った。大岩があったところに、白っぽいものが上流に向かって見えてきたからだった。なんだろうと見つめ続ける。すると突然、大胆にも四方八方に股を開いた太ももの重なり合いが飛び込んできた。テトラポットだった。

目を土手に移した。関と皀莢橋《さいかちばし》のあいだには柳の木が一本あったはずだと、酔いの目をこらして探したが見つからない。枯れたのか流されたのか。あの柳の木の下は魚釣りのポイントだった。夏の日の夕方、毛ばりをできるだけ遠くに投げる、上半身を前方に傾けた父の姿が記憶にある。

二七　山姫

テトラポットに気づいたとき、その少し上流にいくと沢が流れ込んでいるところがあり、その沢を少しはいると滝があり、そこで起こった不思議なできごとを思い出していた。

小学校の何年生のときだったろうか。夏の暑さの中でなにもかにもが動きを失い、町の底に沈み、じっと耐え通した日の夕暮れだった。

「坊やちゃん、散歩にいかない」

隣に住む歌ちゃんだった。四姉妹の長女で、仙太郎にとっては関係のない大人の美しい女性だった。仙太郎は恥ずかしかったが、いくことになった。

畦道を通って土手に上がり、上流の関に向かって歩いた。

「坊やちゃん、ここだったら浅いから渡ってみない」

二人は河原に降りて裸足になり水に足をいれた。水は期待したほど冷たくはなかったが、それでも気持ちがよかった。二人は歩きやすい浅瀬を求めて進んだが、土手の上から見ていたほど楽に渡れないことがわかってきた。どうしても水中の大きな石を跨いで渡らなければならなくなった。ノロがついている。鮎が嘗めた跡がある。滑るのだ。二人は空いてる手をとり合っていた。

半ズボンはかなり濡れ、歌ちゃんはいつの間にか、スカートを下着の内側に丸め込んでいた。日に当たったことのない真っ白な内ももがまぶしかった。かなり濡れながらも渡りきってほっとした二人はいったん土手に上がり、裏側から弁天淵の大岩に登った。そして川面を見た歌ちゃんが歓声を上げた。

「わあー、きれい！」

キラリ、キラリと魚たちが弁天淵いっぱいに、銀鱗の乱舞を繰り広げていたのだ。水面に浮き上がってきては反転し、キラリとお腹を見せては水中に潜り、別の魚がキラリ。無数の魚が上流に向かって魚の腹見せの真っ最中だったのだ。

二人ははじめから知っていて見にきたようだった。ふと、川面を見つめる歌ちゃんの横顔にもなぜか引きつけられた。歌ちゃんはそれに気づいたのか、微笑みながら言った。

「坊やちゃん、ちょっとここにいてね」

そう言うと、大岩を降りていった。

仙太郎は大岩に腰をおろし、こんなにもたくさんの魚たちの銀色に光る踊りは、一体なんなんだろうと飽きずに見続けた。魚たちの水中での昆虫補食だったのだろうか、ただ、魚たちの行為に驚き、圧倒されてこんなこともあるのだと一人見続けていた。

歌ちゃんはどこへいったのだろうと気になり出した。立ち上がって見渡したが、川上にも川下にも歌ちゃんの姿は見えなかった。胸騒ぎがして大岩を降りて、狭い砂地を上流に向かって歩き出した。少しいくと沢が川に流れ込んでいる。沢を登って山の中にはいっていくと、滝があることを知っていた。そこまでいってみようと思った。水は透き通り、砂や小石をはっきりと見せ、冷たさが気持ちよかった。一歩一歩と水の中を進んでいった。

滝の音が聞こえてきたのと同時に、白く輝くものが突然飛び込んできて動けなくなってしまった。

目をつぶり、首を傾けて肩に滝の水を落としている。飛び散るものと見たこともない大人の女性の起伏に富んだ肉体に沿って、肩から胸へ、胸からお腹へ、お腹から腰へと。男の子にとってはなにもないように見える黒々としたところにも流れ落ち、さらに太ももへといく筋にもなって流れ続けていた。仙太郎は見てはいけないという気持ちよりも、はるかに強いなにかに引きつけられるままに見続けた。

なぜか黒々としたところが蝶の胴体のように見えはじめ、大きな美しい白い羽をたらし、滝の水に打たせているように見えた。次の瞬間、これがいつか聞いたことのある、山の中に住んでいるという「山姫」かもしれないと思った。

夏の夕暮れ、木々の葉から差し込む光を受けて、滝に濡れる「山姫」の白い肉体に呪縛されるままに、至福のときの中でかろうじて息を続けた。

「まあ！　坊やちゃん」

山姫はそう言うと、滝から出て一歩一歩、沢の中を近づいてくると、仙太郎に背を向けてゆっくりと服に手を伸ばした。縦線をくっきりと見せ、沢のほとりに大輪の白い花が一瞬咲いたように見えた。

「やだー、坊やちゃん、早くあっちへいってて」

歌ちゃんはそう言うと笑っていた。ここに、こんな風にしていてはいけないのだと我に返り、後ろを向くと走り出していた。大岩を超え、河原をとっととっと走った。遠回りをして皀莢橋を渡ってから畦道に出た。家が近い。走るのをやめて歩き出した。

「坊やちゃーん！」

声が聞こえた。遠く土手の上で手を振っている姿が見えた。その姿を見てひょっとすると隣の歌ちゃんではなく、やっぱり「山姫」かもしれないなと思った。

あれから歌ちゃんと顔を合わせた記憶も口をきいた記憶もない。夏の日の夕暮れ、滝に打たれる「山姫」の姿を思い出すこともなかった。あたかも、眼下に白くかすんいるテトラポットが、滝に打たれる「山姫」の裸身を封印してしまったかのようだった。

二八　弁天淵

「奥久慈」がさらに少なくなっていくのを意識しながら、遠い昔になにか手がかりを探すように味わい続けた。

　やがて酔いは愛宕神社の眼下に広がる田んぼや川や山から色を奪い、白黒の画像のように夕闇の迫る土手を映し出した。

　色を失った代わりに、土手の中央には柳の木が見えてきた。その南のほうから、小さな和船を頭の上にかついだ三人の男が現れ、日常とはちがった切迫した足取りで柳の下を通り、上流に進み弁天淵の河原へ降りていった。

　どこからともなく、そこかしこに人々が現れ、観客のように弁天淵の土手の下に消えた和船のほうを見ながら、ひそひそと硬質な話し声をたてていた。切れ切れの言葉から、仙太郎にもなにが起こったのかがわかってきた。男の子が弁天淵で溺れて沈んでいるという。

　一気に圧縮された夏の夕暮れの空気は人々に浅い呼吸を強い、重く辺りに漂い出して、ときの流れを鈍らせはじめた。

夕暮れはさらにその濃さを増してきた。

目の前に広がる田んぼの稲や人々が見続ける土手や山の木々などすべてが、暮色蒼然としてきた。ただ、山々の稜線だけが夕闇の空をはっきりと区切っていた。

夕闇が夜に変わる限界がさらに迫り出したそのとき、土手の上に男が現れ、真っすぐ正面を向いて足早に歩き出した。その背中には、なぜかすぐに死体だとわかる男の子を背負っていた。後ろに回した手に握られている懐中電灯から放たれる光の束が、歩調に合わせて土手の草から田んぼの稲を大胆に薙いでいった。人々の息づかいが闇の底をさらに重く泡立たせた。

翌日の一学期の終業式の日、小さな町には水死した男の子の噂が伝わってきた。不安が的中し、町の少年野球チームで仙太郎に代わってエースピッチャーになった樋口だった。大きな衝撃を受けた。

二九　改札口

あのことは、樋口が弁天淵の底に沈む四か月前に起こった。五年生の修業式の日だった。母と二人の姉と仙太郎の四人をぴったりとボックスにおさめたディゼルカーが、時間通りにゴトッと動き出したとき、叫び声がなだれ込んできた。四人は一斉に声のほうを見た。改札口に男の子が鈴なりになっている。クラスメイトだった。

「オヘイキヤロー！」

「オヘイキヤロー！」

全員が走り出すディゼルカーに追いすがるように、あらん限りの声を出していた。

「もう、帰ってくんなー！」

「バカヤロー！」

終業式のその日の朝、母は仙太郎に念を押した。

「今日は式が終わったら、すぐに早退して帰ってきなさいね」

午後の列車で東京の叔母の家へ春休みの旅行にいくことになっていたのだ。午後の出発ははじめてだったので、心配性の母は早退を強要したのだった。

「もし自分で言えなかったら、学校に電話してあげるからね」

と、ダメ押しまでした。仙太郎は講堂で終業式が終わり教室に戻る廊下で、やっと先生に近づいた。

「すいません、今日、東京にいくので早退させてください」

先生は、歩きながら仙太郎のほうを見た。

「東京、何時の列車？」

「三時半の列車です」

「じゃあ大丈夫だ。ホームルームが終わってからでも間に合うよ。今日は、午前中だから」

「でも……」

母のことが頭に浮かび食い下がろうとしたが、大丈夫、大丈夫というように先生はいってしまった。

五年生最後のホームルームがはじまった。しばらくすると廊下に人の気配がして、先生は教壇を降りてドアを開けた。教頭先生だった。仙太郎は母が学校に電話をしたんだなと思った。

先生は納得いかないよという顔をして戻ってくると、仙太郎を呼んで通信簿といくつかの配布物を渡して帰るように促した。クラス中の好奇の目を一身に受けながら教室を出たのだった。その後、先生が仙太郎の早退の理由について、クラスでどのように話したのかはわからない。ただ、水戸駅行きのディゼルカーの時刻にみんなが集まったのは、時刻を知っていたからだろう。

あの日、ディゼルカーがホームを離れ、声が聞こえなくなった後の気まずい沈黙の中で、四人は早く忘れること、今後話題にしないことを心の中で誓い合った。旅行での次から次への展開は好都合だった。その後の人生でも話題になることはなかった。

しかし、忘れたはずのできごとが仙太郎の心の底に、さっき改札口を通ったとき、半世紀以上も経っているのに記憶として残っていたことがわかった。鈴なりになって改札口で叫ぶ級友たちの一番後ろで、上を向いて大きく口を開けて叫んでいた樋口の姿を記憶していたのだった。

町の野球チームで「アイツ」に、エースピッチャーをおろされたやり方には傷ついたが、樋口には恨みはなかった。逆に「アイツ」の日頃やっていることをみんな心の底では嫌がっていることを、どちらからともなく樋口と話し合ったことがあったのだ。いわば心の同士だったのだ。

あの日、樋口はみんなに合わせて軽い気持ちでただ叫んでいたにすぎなかったのだ。そして四か月後、弁天淵の水がもがけばもがくほど、口の中にはいっていってしまったのだ。

仙太郎は川面を見続けた。やがて想いが眼前の水中から上流へと向かった。そして、弁天淵に沈んでいる小学校六年生の樋口の姿を見つけた。諦念に満ちた顔から仙太郎に問うてきた。あれからどうだったと。樋口に聞いてほしいことが一気に浮かんできた。

「いやー、正規雇用につけたのは時代のおかげだったんだよ。今、多くの若者が生涯非正規雇用の不安の中に投げ込まれているんだよ。だけど、貧富の差にストップをかけるために、政治を変えようとなかなかしないんだよ。民主主義って選挙だよね。でも、涙が出るくらい日本の投票率は低いんだよ。特に若者の投票率がね。

テロや紛争や難民は、貧困と差別から生まれると言うのに、世界のリーダーたちは、自分たちのテロ警備には莫大なお金をかけながら会合を繰り返すだけで、グローバル社会の問題の解決に向けて一歩が踏み出せないでいるんだよ。

もし自分が、今、若かったらどうなっていたかと考えると身震いするよ。自殺も嫌、テロリストも嫌。やっと呼吸をしているだけかもね。樋口だったらどうする？」

樋口の穏やかな顔がかすかに変化したがなにも語らない。「どんな人生でもいいから、生きたかったたな」と語っているように思えた。

樋口と自分の差は、上流の弁天淵から眼前までの流れであり、眼前から下流への流れが残りの人生であり、そこには命を失った自分が横たわっているのだと思った。

短いこれからの流れをどう締めくくればいいのだろうと思う。どうやっても、惨めな老いと死がやってくるのだ。しかし、弁天淵に沈んでいる樋口の顔は、なぜか静かに明るい。ありがたいと思う。その静かな明るさが移ってきた。そして気づいた。

上流の弁天淵に沈んだ樋口も、下流の川底に沈む仙太郎も、眼前の川面からの想像であり、それを許すのは眼前の「今」の流れであり、この「今」が上流と眼前の流れと下流とが同時に流れていることを許すのだ。「今」がなければなにもないのだ。

そして思った。ときの流れも、「今」が過去と未来とを同時に含んで進んでいるのだと。

大切なことはなにか、しっかりと「今」を生きて積み重ねて、死に向かう以外にないということ。嘱託を終えてからの自分の「今」の生き方が問われているように感じられた。山手線を離れてここにやってきたのは、このことに気づくためだったのではないだろうかと思った。

一匹の昆虫が素早く横切った。そして手の届きそうな草の葉の上に止まった。二、三センチの小さな二等辺三角形のチョコレート色をしたセセリだ。一文字セセリだろうか。しばらくじっとしていたが、ゆっくりと羽を開いて中を見せてくれた。夏の光を受けてじっとしている。何回か繰り返すとさっと飛び去っていった。

セセリがゆっくりと羽を広げる姿から、美しい肉体がかつて仙太郎の前でゆっくりと開かれたことを、あまりにも遠く離れてしまったことと感じながらも、ざわめきがまだかすかに残っていることも感じていた。

三〇　初逢《あいぞめ》

工場でアルバイトをしていたモラトリアムの時代、塗装店で募集広告を偶然見て、たまには塗装もやってみようと思った。

ブロック塀からはじまり、一戸建ての屋根や外壁の塗り方、マンションの内装で天井や壁のはり方を教えてもらった。

バイト期間が終わり、しばらくすると塗装店から電話がかかってきた。1DKのマンションの内装を一人でやってくれないかという。事情があって高い賃金は払えないとも言う。もともと素人に毛が生えたようなもの、少し考えてから引き受けることにした。

約束した日時に教えられたマンションに出かけていった。駅からちょっと歩いた六階建てで、大家は最上階に住んでいた。

中からドアが開けられた。ドキッとするような笑顔に心を奪われた。仙太郎は美しさへの驚きを隠しながら、女は自分を愛でるまなざしに、気づかないふりをしながら打ち合わせをした。

道具などの説明を聞くために一階の倉庫に降りた。前を歩く女の後ろ姿を見ながら、目がなんとなく腰のほうにいき、この女の腰に触れることは決定的に不可能なこと、宇宙の彼方ぐらい遠く離れているかのように感じた。

はじめて一人で行なう塗装の仕事は、それなりに小さな達成感のある楽しいものになっていった。

ある日、作業中の部屋に女がはいってきた。壁と床とを区切るハバキの上の細いところを塗っていた。どうしてもハバキの色が壁についてしまい、後で乾いてから塗り直す手間がかかってしまうと話した。

「このハバキの上の細いところは、キレイに塗られているけど、どうして?」

女は、単刀直入に聞いてきた。

「あー、それは、できあがっているハバキを後から取りつけたからですよ」

「なるほどね。じゃあ、どうしたらいいの、新築じゃないのだから見にきた人がはいりたいと思えるように仕上げてくれれば、それでいいのだから」

「わかりました。その方向でやってみます」

手間のかからない、それでいてまあまあ見栄えのいいやり方を思いついていた。それじゃあと言って、部屋を出ていく女のウエストから腰に視線が運命的に注がれた。

「あっ、そうそう」

と言って、急に女が振り返った。仙太郎はまた何日も見ることができないと思っていただけにパッと花が咲いたように感じた。

「話しは変わるんですけど、屋上の防水加工、お願いできないかしら」

経験がなかったので返事に窮していた。

「業者に頼むと高いのよね。嶋田さんならできるんじゃないかしらって、頼めません？」

この女にこう頼まれたら、やれるものならやってみようと思った。

「じゃあ、塗装店と相談して後で返事をします」

と、言ってしまった。屋上の防水加工ってどうやるんだろうと考えながら、仕事に戻った。

あまった塗料は言われていないベランダの床や壁を塗って使い切った。ローラーや刷毛はシンナーでよく洗ったが、次の仕事が何か月後にもなるので、どうしても固まってしまい、思い切って廃棄することがコツだった。ドアを塗る小型のローラーもその都度新しくしてけちらないのが仕上がりのよさを保障した。湯船やトイレ、流しや流しの下の奥、換気扇のファン、ガスの元栓についた油汚れなども業務用のタワシでピカピカにした。女に気にいられようとしていたのだろうか。

塗装店で屋上の防水加工の仕様を教えてもらった。暑い夏の日だった。屋上の徹底した掃除からはじまった。下塗りをして乾いたら空気抜きを二か所つくり、ひもを結んで一缶分の広さをつくり、その中に重い粘りのある防水塗料をいれてローラーで伸ばした。こう書くとかんたんそうだが、そもそも、防水塗料の缶を屋上に運ぶのも大変だった。頭で考えるほどかんたんなものではなかった。日は暮れかかるのにはかどらない。しかし、途中でやめたくはない。

倒れそうな自分に気合いをいれて、限界を超えていることを感じながらとうとうやり通した。もう、二度とやりたくないと思った。

「あれは一人でやる仕事じゃないよ」

と、塗装店の息子に笑われた。

女が、そんな仙太郎を見て、

「今度は大変だったみたいね。無理にお願いしっちゃって、慰労会をしましょう」

約束の夜、女はノースリーブから白い両肩を出し、ハッとするような妖艶さを見せて笑った。

かなり酔ってきた。二軒目から三件目にいくときだった。なかなか見つからずに、夜の町を歩いていると女が誘った。

「今日は嶋田さんの慰労会なのだから、あなたの好きなところにいきましょう」

夜の町が偶然にも一つのチャンスを与えた。意識的な弾みをつけて、二人だけになれるところにすたすたと先にはいっていった。女は、あらっ、という笑顔を見せてついてきた。仙太郎の頭に、酔いすぎではという想いが湧いた。しかし酔いの力は必要だった。

二人だけになって、女が仙太郎を見つめて聞いてきた。

「あなたはもう学校を卒業しているのに、どうして、こうしているの？」

ちょっと間をおいてから答えた。

「一人になりたいからかな」

「なぜ、一人になりたいの？」

「世の中に出ていく準備ができていないからかな」

今度は、仙太郎が聞いていた。

「なぜ、そんなにきれいに笑えるのですか」

「それは、本当は寂しいからかも……」

そう言うとまた笑った。

年上の美しい女性に対して、経験のない未熟な自分のことを思いながら言っていた。

「それでは、ご指導のほどよろしくお願いいたします」

そう言うと丁寧に頭を下げていた。この言葉はあのときはおかしかったわよと、女の口から聞かされることになった。

女は無駄な言葉と衣服を取り去り、天女のような白い裸体を見せてくれた。そして、大きく開かれ風に揺れている牡丹の花の中に誘われるように、優しくそして激しく、これ以上はないほどに深く交わって終わった。こうして、二人の初逢は成功したのだった。

女の夫は事業に失敗し、借金を残して海外に出奔していた。マンションは女の母親のものだった。ただ、六階だけは女の名義になっていたので、夫の借金の抵当で流れ、母親に落札してもらい、そのまま住み続け男の子を育てていた。夫の借金取りに何年もの間追いかけられたが、気丈に耐え通し、健康のために三味線と踊りを続け、スポーツカーにも乗り続けた。

女の父親は仙太郎の父がいくはずだった玉砕の島、硫黄島で捕虜になった。こう書くとかんたんそうだが、硫黄島で捕虜になるとは「虜囚の辱めを受けない」という徹底した軍国主義教育からの希有な精神的離脱がなければならない。次に行動だ。仲間から少しずつ物理的に離れ、アメリカ軍の上陸している方向に夜間進んでいき、穴を掘り、昼は隠れて夜間また進んでいき白旗を上げるのだ。

女の父親はハワイの収容所で投降を呼びかける日本語のビラをつくった。戦後帰還し、ハワイで知り合ったアメリカ兵と再会し、進駐軍の物資の横流しであの当時、自家用車を乗り回すほどに金回りがよくなったが、女が小学校三年のときに亡くなった。女は自殺かもしれないと言った。仲間を裏切り、捕虜になることに成功し帰還したが、成金の自分の姿に耐えられなかったのではなかったのか。

女の母親は夫の財産を整理し、駅前の質屋からはじめ、都内に小さいが四つのマンションを持っていた。女はマンションの管理で徹底的に経費を節約して、母親から生活費を得ていたのだった。女の母親は自分の住んでいた鎌倉の家を処分し、女の夫の借金の一部にあてて離婚した。

三一　二つの柔華

　ある日、作業が昼前に終わり、六階に報告にいくと女が言った。

「ご苦労様でした。よかったら、シャワーを浴びていきません？」

　この時間は子どももいない。シャワーの後のことを思った。しかし、それはまちがいだった。シャワーを浴びている仙太郎の前に、そっと女の背中がはいってきたのだ。後ろからしっかりと抱き寄せていた。

「驚いた？」

　と、女の笑顔が問いかけてきたが、問いに応える余裕はなく、素早く乳房に触れ、激しくやさしく愛撫しはじめていた。女体のすべてを触り尽くそうと両手は自由に動きまわった。やがて女は仙太郎の手に石鹸を渡しシャワーを止めた。女体を求める両手に魔法がかかったようにスピードがアップされ、胸から腰、腰から腿、腿から股間へ、さらに内側のヘアへとなめらかに動き回った。

いつの間にか女の手がそっと仙太郎のものに触れていたが、向きを変えて抱き合うと、未練そうに離れていった。背中にまわった仙太郎の両手は、豊かなお尻へとさらなる青春のエロスの歓喜を求めて徘徊を続けた。

気がつくと二人は結ばれたまま湯船の中に沈み、マグマが爆発しないように動きに注意しながらじっとときを止めてさらなるなにかを求めていた。しかし、女の表情はすでに小さな動きにも敏感に反応し限界を表していた。湯を抜いた。水中の軽やかさが消えて重圧の中で互いの体を個体別に戻した。そして、バスルームを出て再び新しいスタートを切った。

別れ際に女が言った。

「しばらくあの部屋に住んでみません?」

ちょっと考えてから、一人で生活してみることにした。

生まれてはじめてなんの気兼ねもなく、自由な自分の時間を持つことができた。逆に言えば、今までの人生がいかに他人への気兼ねに大きく支配されていたのかということがわかった。

あれはどんなきっかけだったろうか。ある夜、夕食が終ったときだった。

「あなたは、これからなにがしたいの?」

と、女が聞いてきた。

「スケッチがしたいな」

そうじゃない、これからのあなたの人生のことよ、と顔が笑っていた。

「何を画くの？」

「うーん、最初は柔華かな」

「ヤワハナ？」

「ここのこと」

女の胸にそっと触れた。ちょっと間をおいて女が答えた。

「いいわよ」

差しいれていた手をゆっくり戻すと、スケッチの用意をした。

「じゃあ……」

「こう？」

白い胸を見せてくれた。

「もう少し、広くね」

「こう……」

女はさらに胸を開いてくれた。美しい曲線で包まれた右の乳房が、やや小さめの二つの円錐形の白い「柔華」をなんの気兼ねもなく見続けた。心の底から、静かな感動が満ちてきた。「柔華」がいささかも変形しないように、下側から掌を添えてみた。伝わってくる非日常的なこのうえない柔らかさを感じ続けた。

「絵を描くんでしょう?」

女は小さな声を発した。仙太郎は女の上半身をすべて出した。なめらかな背中と両肩の前に、白さと柔らかさを誇った「柔華」が二つ咲いた。

エンピツを執った。上半身をやや左手斜めから眺めた。小さめの右の乳房に視線がいった。乳首から上は、少しそり気味のなめらかな無数の曲線を集めた曲面、乳首から下はその曲面を支えている大胆でたおやかな曲面体だ。どこから描こうかと迷った。再びエンピツを置き、たおやかな曲面体を求め、掌をそっとあてがっていた。

掌に落ちてきた量感は消えいりそうにはかなかった。仙太郎は目をつぶった。この喜びの深さを描くことは到底できないと思いながら目を開けた。そして少し斜めから二つの起伏の曲面を、二つのなめらかな曲線で輪郭だけを描き出した。結局これ以外にはできなかった。曲面を捉えたり、光と蔭を描くことはまだまだできなかった。

「今日は、これくらいかな」

「見せて」

　画帳を女に手渡した。そこにはおとなしい曲線が上から下へ二本あるだけで、その二本の曲線が乳首に集められ、乳輪のそばに薄いほくろが二つ描かれているだけの絵だった。やや下を向いて並んでいる乳首も、乳首へ向かう二本の線もその稚拙さが痛々しいほどのやさしさと丁寧さを表していることに気づいていないのだろう、女は明らかにがっかりしたように軽く笑いながら言った。

「お・し・ま・い」

　女の背後に回り両手を脇の下から差しいれた。両手の掌の皮膚が「柔華」の球面体の表皮をいささかも変形しないようにやさしく添え続けながら、この「柔華」が自分のものに感じられるようになるまでこのまま目を閉じていようと思った。次回は「柔華」の量感を少しでも描いてみようと思った。

三二　丸花《まるはな》

「柔華」のスケッチが続いたある夜、仙太郎は言っていた。

「じゃあ、今度は後ろから描こうかな」

「どうすればいいの？」

女が横になれる場所をつくった。日頃から女は下着を着けていない。仙太郎がスカートを取りさると、目の前には細くて深いクレパスでわけられた真っ白な丸い肉体の花が咲いた。

駅の構内や長い地下道で、自分の前を歩く女たちの服の中で、自律した別の生命体のように生き生きと動く「丸花」に心を奪われ続けた。

お尻のことを「丸花」と名づけていた。丸花たちが最近特に美しく咲き出した。それは股上を短くしたために、股間にぴったりとヒットし出したことと、丸花を包む生地のおかげだと感謝している。ときには、実際に見る以上の美しさをデザインと生地によって表しているのではと思うことさえあった。包まれた中で、左右にゆれる丸花が、あたかも満月のような輝きを見せていたこともあった。

かつて一枚の写真に出会った。ビクトリア湖に流れ込むルワンダのカゲラ川を、首や手足のないうつぶせになって流れていく死体の写真だ。植民地政策で部族への差別的な取り扱いの失敗か、部族間の憎しみが爆発して残虐行為となった。ジェノサイドだ。その無残な写真の中で丸花は最後まで「生」にとどまり、「生」を希求し続けているように思えた。

しかし、目の前には白くて美しい生きている丸花がまぎれもなく、今、ここに咲いている。両手でゆっくりと全体の輪郭を愛しんだ。なんという見事な肉体の存在そのものなのだろうかと思った。両手を添え、口唇をかすかにつけて、目をつぶり、少しずつ顔を左右に動かしてみた。口唇が経験するはじめての皮膚感覚を通して、「丸花」の不思議な「生」のエッセンスを求め続けた。「丸花」に両手を残しながら、ふと不思議な地名を思い出して一人心の中で微笑んでいた。

「どうしたの?」

「思い出したんだよ」

「なにを?」

「尻手のこと」

「知ってのこと?　なにを知ったの?」

「丸花の魅力を」

「マルハナ？」

女が笑いながら、上半身をよじってこちらを向こうとした。

「ここのこと」

両手にそっと力をいれていた。濃密な「丸花」が迫ってきた。

スケッチが終われば美しい「丸花」に後ろからそっと体を添えていき、深い繋がりへと進んでいく確かさを意識しながら、スケッチにはどんな意味があるのだろうと思った。そして「丸花」の輪郭を細い線で丁寧に描き出した。体を横たえていたが「丸花」の上半分は、なんの制約も受けることなく、豊に丸く、思う存分、空間の中に存在していた。揺るぎない美しさで迫る「丸花」を自分の線の力で捉えることは無理なことを知っていたが、それでもその魅力を捉えようと見つめ、手を動かし、紙に向かい続けた。

ひょっとすると、二足歩行を可能にした、上半身と下半身の間にある「丸花」こそが、人間としての特徴を表しているのかもしれないと、微笑みながら勝手に思ってみた。

三三　玄牝《げんぴん》の門

右手があくといつものように、女の内ももの中に差しいれていたが、その夜は何度かヘアをなで、恥骨の上で手を止めてから掌を開いたまま、ゆっくりと下へ差し込んでいった。掌の幅のために、女は少しずつ股間を開いていった。そしてそのまま、ぴったりとフタをするようにしてじっと動かさないでいた。

「おちつかな〜い」

「うーん、確かになにもない」

「あたりまえでしょ」

「ふしぎだね」

「不思議じゃない。あったら困るでしょ」

「そう。確かにね」

と、言いながら腰を引こうとする女に、そうはさせないよと指に力をいれて、掌を強く押しあてていた。

「ねえ、御願い、力をいれないで」

聞こえないふりをして、指の関節を曲げて足踏みをするように動かしながら聞いていた。

「どうして？」

「どうしてって、ううん、いや！」

「わかった、わかった、手当だけ」

指を動かすのをやめ、その代わりにそっと股間の曲面に掌を合わせてじっとしていた。

「やっぱり、おちつかない」

仙太郎はそれには答えないで言っていた。

「ねえ」

「なに？」

「今度は、ここを描いてみたいな」

「どうして？」

「どうしてかな」

考えていると、女はちょっと間をおいてほほえみながら言った。

「いいわよ」

「さあ、善は急げ」

差しいれていた右手をゆっくりと引き抜き、女の左足を素早く上げて、背もたれの上に乗せ、クッションを女の背中にあてがい、ゆっくりと体を倒していった。

「そのままでね」

スケッチブックを用意するため立ち上がった。女が足を窄めそうになった。

「だめ、花のように開いていなければ」

「花？　なんの花？」

女が、笑いながら訊く。

「なんの花にしようか。やっぱり、隠微な美しさはランかな。でも人間の女の花だから、平凡だけど、女華かな」

「オンナバナ？　演歌みたいね」

それには答えず一本の線を引いた。

「この線がいい。美華に描くからね」

「どうやって？」

「まずは、しっかり見て、触れてね」

エンピツを置いて、やさしく恥骨の上のヘアをなでながら骨格を感じてみた。そしてさらに「女華」の下のほうに再び手をおろしていった。

「もうちょと開いてね」

「イヤ〜ン」

手を添えると、言葉とは裏腹にゆっくりと開いてくれた。

「うーん、これはいい。よく見えれば、よく描けるからね」

何の制約もなく、心置きなく、見、触れ、唇をよせた。そしてふと、なぜこんなにも魅せられるのだろうと考えていた。人がここより生まれ出てくることと、どのように関係しているのだろうかとも考えていた。

今ここに、子どもの頃から女性のどんな動きも見逃さずに、究極的に集中してきた「女華」がまぎれもなく開かれているのだと言い聞かせてみた。そして「女華」の上部の襞《ひだ》を今までの人生で経験したことのないような微妙な力を指にいれて左右に開いてみた。そして被っている頭巾のような表皮をそっと左右に剥いでみると、果てしなく深い快楽を象徴しているような見事な桃色珊瑚が、左右の斜め下に小さな裾のようなものを従えて顔を出した。スケッチの回数は重なっていったが、「女華」の襞たちは毎回その形状がちがっていた。花びら一つ一つの形、色、湿りなど、花びらが織りなす姿を女が開いて見せてくれるたびに、今日はどのように現れるのだろうと楽しみだった。

「見せて」

「いいわよ」

微笑みながら言う。牡丹の花が風もないのに花びらを震わせながら、ゆっくりと開いていくように足を開いてくれた。

「毎回ちがうんだから、理想は朝、昼、晩と描きたいね」

「柔華」や「丸花」は、それ自身、色や形が美しいし、美しいものを描く喜びがあったが、「玄牝の門」の色や形はそれ自身、美しいものとは言い難いところがあるのに、なぜこんなにも魅せられて描き続けているのだろうか。「玄牝の門」には、「柔華」や「丸花」よりも、なにか別の根源的なものがあるような気がしてきた。

ある日、女が聞いてきた。

「ねえ」

「なに?」

「どんな料簡《リョウケン》で描いているの?」

さっき流れていたテレビからのセリフだなと思った。しかし、「料簡」という言葉が残った。仙太郎は「猟犬座《リョウケン》」という星座のことを思い出した。

「うーん、なんとも言えない気持ちだねー」

「なんとも言えないって、興奮はしないの?」

「うーん、しているけど、もっと、深いところに引きつけられていく気持ちかな。ねえ、どんな料簡で、見せているの?」

「なんとも言えない気持ちよ」

「なんとも言えないって、どんな風に?」

「そうね、普通では味わえない、豊かな気持ち。酔いのせいかもしれないけれど、満たされて、宇宙の果てに昇天していくような開放感……」

ある女性が出産について書いていたことを思い出した。赤ちゃんは、自分の産道を通って出ていくのに、宇宙から雨が降ってきたような想像もしなかった、圧倒的な宇宙的経験で感激して泣いてしまったと。

エンピツを置いて、「玄牝の門」に両手を添えてみた。そして、ゆっくりと開いてみた。ここはまもなく、私のものと接合し、快感を徐々に高めていき、やがて頂点に上りつめたとき、宇宙に向かって解放していく発信地になるのだと考えてみた。そして今、目の前で、両手で開かれている「玄牝の門」のあざやかな桃色の深奥は、命が誕生するところでもあると思ってみた。

なおも見続けた。すると突然、約四〇億年も昔、地上に誕生した生命に向かって、綿々と遡ってつながっていくような気がしてきた。さらに、一三七億年前の宇宙誕生の大爆発の鮮やかさとも、気の遠くなるような時間と偶然を重ねてつながっていくのではないかとさえ考え出していた。それには、さっきの「リョウケン」という言葉がきっかけになっていた。

一枚の写真があった。アメリカ航空宇宙局が宇宙望遠鏡の何周年かを記念して公開した、これまでで最も鮮明なものだという約三一〇〇万光年離れた北斗七星の南側の「猟犬座」の方向にある「渦巻き銀河」の画像だった。

その写真には見たこともない暗黒の中で、異様な宇宙の青さが渦巻いていた。大小白い無数の星々と、爆発を繰り返す鮮やかな桃色の群星とがその渦巻きの中心に向かって収斂《しゅうれん》してゆき、その中心には巨大なホールがさらなる桃色で発光していた。

見続ける「玄牝の門」のミクロの世界と、「渦巻き銀河」のマクロの世界が時空を超えて交差し、心の中を擦過したとき「原始、女性は宇宙だった」と思った。

女の顔を見た。さっきから目を閉じていたが、宇宙に同化したように眠っていた。そんな日々が続いたある日、女が突然言った。

「私はもうあなたに見せるところがないわ。あなたは私から卒業したほうがいいわ」

そう言うと、ゆっくりと足を窄めはじめた。

仙太郎の前から突然女が飛び去った。性から生を引き出そうと背中を押してくれたのだろうか。仙太郎は必死で定職を見つけ、サラリーマン人生を送ることになった。

三四　帰路

　仙太郎は弾みをつけて立ち上がり、神社の狭い階段を注意深く降りはじめた。もう二度とここに書かれた父の名を見ることはないだろうと思いながら神社を離れた。

　住んでいた家があったほうに向い、それから川に出て途中でポチと別れて駅にいくことにした。

「ポチ、どお？　それでいい」

　ポチは「どお？」と言われても、どう答えていいのか、まあどおでもいいよと言いたげにまたも目をしょぼしょぼさせ、仙太郎をちらりと見上げて頭を下げた。

「ポチ、それじゃあ出発しよう」

　山をおりて通りに出ても相変わらず人の気配がない。静かだ。住んでいたところに近づいた。家は建て替えられ、裏で老人がしゃがんでなにかをやっていた。そばに柿の木がある。あまりに小さいが場所は同じだ。子どもの頃のあの柿の木だろうと言い聞かせる。

　今ではほとんど水の流れていない町堀にかかっている小さな橋を渡り、庭のほうに回った。

ベランダの脇に若者向けの自転車がある。住人の一端が見えた。

そして、はっきりと子どもの頃のものを見つけて釘づけになった。玉石だ。子どものとき、近所の職人に積んでもらったのだ。

決して暖かい季節ではなかった。いや、寒い季節だった。重そうな玉石を抱えて、そろりそろりと水の中を進み、一つ一つ積み重ねてぐらつかないようにセメントをつめ込み、藁でできた小さな箒のようなものですばやくならすのだった。紺色の手甲が水の上で手際よく動いていた。

仙太郎は思っていた。過去を覗きすぎてはいけないと。小さな柿の木と、玉石に会えただけで充分なのだと。仙太郎は前方に見える向日葵に向かって歩き出した。

畦道に降りた。昔の清浄感を探している自分を振り払いながら、どんどんと先に進んだ。そして土手を登り堤に出た。ポチも相変わらずついてきていた。さっき神社から見た川が目の前で流れている。水量は少なく、水辺近くまで草が生い茂っている。小学校の講堂の跡に、プールがつくられていた理由が納得できる。

「ポチ、いこうか」

この町を去るときが、時間ばかりではなく近づいていることを感じていた。

土手の上を下流に向かってどんどんと歩いた。皀莢橋に着いた。ポチとの別れの場所だ。

「さあ、ポチ。おまえは、まっすぐいきなさい。そしておうちに帰りなさい」ポチに帰る家なんかないのに、突き放す自分の冷たさを感じながら、土手を指さして言い放っていた。ポチがちらりとこっちを見た。声が聞こえる。

「わかっているよ。だけど、半日とはいえ、一緒にいて期待を持たせたのでは、その責任はないの?」

「ごめんね、ポチ……」

そう言うと、東に折れて歩き出していた。振り返ると、ポチがまだ仙太郎を見ていた。そして、次の瞬間、頭を下げてゆっくりとこっちに近づこうとした。

「だめ、ポチ!」

ポチの目をしっかりと見つめてきつく体で別れを示し、もう一度土手を指さした。ポチはやっぱりそうか、冗談だよ、わかったよと、土手に戻り頭を下げてノロノロと動いていった。

「ごめんね、ポチ」

心の中でまた呟くと、仙太郎は踏切に向かって歩き出していた。渡りきると機関区の建物の影の草むらに、なつかしい転車台が見えたが一瞥しただけにした。国鉄の長屋づくりの官舎があったところも、思い出を引き出さずに駅への歩を早めた。

間に合った。乗り換えの時間を確認しながら切符を買う。最後の上りのディーゼルカーはすぐにきた。時間通りにガタッとD町駅のホームを離れた。

今生の見納めでもあるかのように顔を窓外に向けた。小学校の大欅が遠く高台の上に見える。心の中でさよならを告げ、反対側を見た。さっき歩いた土手の続きが見える。仙太郎はハッとして立ち上がるとドアのところに駆け寄っていた。土手の上の小さな生きものを捉えた。ポチだ。相変わらず下を向いてふらふらしている。心の中で叫んでいた。あたかも、D町のすべての思い出に言っているように。

「さよなら、ポチ!」

ポチが立ち止まって首を上げた。わかったのだ。と思った瞬間、ディーゼルカーは鉄橋を渡りきり、山裾の中に突き進んでいた。

席に戻り目をつぶった。そして、大丈夫、山手線に乗れる生活がまだ数か月残っていると言い聞かせていた。

三五　「シガ」流れる川

山手線から離れてD町に遊んだ夏の日から数年後の冬の朝、仙太郎はこの町に一軒しかないビジネスホテルを出て、シガを見に川に向かっていた。防寒は充分したつもりだったが、寒さで緊張感が走った。

歩き出すとそれでも徐々に慣れてきた。スケッチ用のパイプ椅子をくりつけたリュックも負担ではない。

嘱託期間も終わり、山手線に乗ることが予定通りなくなった。なにもかも予定通りに退職者の生活にはいった。半年を過ぎるころから完全に慣れ、母の介護が終わった後、D町をときどき思い出すことがあった。そして、シガを見るために再びD町にやってきたのだった。

寒さの中を歩きながらも、一人を心地よくかみしめている自分に気づいていた。退職するとき、同僚からうらやましがられたのも、まんざらうそではないことを知っていた。職場は働きづらくなるばかりだったからだ。

「おまえはもうダメだな」

と言われたアルバイター時代、まだ世の中には定職につけるチャンスがあった。嘱託をいれれば、四〇年近くも働けたのは、「企業は従業員のもの」と、働く人を大切にしてくれたからだった。

一九九四年二月の「舞浜会議」で、経営者が「企業は誰のものか?」について議論をした。「国族だ!」と言われても、グローバル化を理由に、「企業は株主のもの」に移っていった。「株主至上主義」で労務費削減が進み、不安定労働者は増えて格差社会が進んでいる。クリプトクラシー(盗賊支配国家)の様相は、仙太郎が学生の頃よりもますます世界に広がっているのではないのか。

資本主義経済がいきづまっていると言われるのに、例えば「タックスヘイブン」にさえ、世界は足並みをそろえてメスがいれられないでいる。なにが邪魔をしているのか。政治家をグローバルな課題解決に向かわせるためにはどうしたらいいのか、一人一人が問われているのだと思う。

声が聞こえてきた。

「なにをボソボソ言っているのだ。いいじゃないか、ラッキーな世の流れに乗れて、ラッキーな世の流れが今ないからと言って、なにを偉そうに嘆くのだ。そもそも、おまえたちのジェネレーションがつくった世の中だよ。それに、それを変える力が、おまえたちにはないんだよ。自分の無能を認めるのが嫌な意識が、おまえにぼやかせているに過ぎないんだよ」

と。仙太郎は沈黙を強いられた。が、しかしと思いながら歩き続けた。

信号が赤に代わった。一台も車を止めていない不思議な交差点を通り抜け、冬の木々と畑を見ながら進んだ。早くも前方に橋が見えてきた。子どもの頃にはなかった橋だ。行く手の左右が広がりを見せはじめ、目の前に川が現れた。橋の中央に立ち、ゆっくりと見渡した。

川は曇り空の下で、意外なほどの輝きと静かなたたずまいを見せていた。橋の真下から、上流に向かって川面に見入った。川は清浄な冷たさに満ちていた。冬の朝の光が一本一本の波皺に差し入り、川面に顔を出している岩礁の周りでは、さらに明るさを増しながら、輝きは川上にいくにしたがって、白色の中に包み込まれやがて消えていた。

なぜこんなにも川面に心引かれるのだろうと不思議に思いながら、静かに目を閉じた。子どもの頃、川を見ながら育ったことを思い出す。朝起きると、家の前には豊かな水量の町堀が流れていて、その流れを見ることから一日がはじまるのだった。そして、遊ぶときも、どこかに出かけるときも、帰ってきたときも、うれしくても、悲しくても、つまらなくても、なんでもなくっても、常に川の流れと一緒だったのだ。

ふと、父もこの川面に魅せられて、釣りをしたのではなかったのかと思う。柳の木の下で、できるだけ遠くへと、川面に毛ばりを投げる父の姿が心に残っている。川面に引かれる心を父と共有し、さらに共生のかすかなよろこびが許された。

ゆっくりと目を開けて下流を見た。薄曇りを通しての逆光には暖かさはなかった。橋の真下から川下を眺めはじめた。雲の中の朝日を受け、岸から川の中央に向かって白い輝きが増してゆく。すると、突然まぶしさを感じた。薄雲を割って白い太陽の一部が川面に反射したのだった。目をつぶっていた。そしてなぜか、このまま冷たさとかすかな明るさの中にしばらくいたいと思った。

目を開け、遙かな下流に焦点を合わせた。子どもの頃、水面すれすれのところにかかっていた木の橋は立派な橋になっていた。子ども心にも、穴だらけのおんぼろ橋だなと思っていた手前の橋も立派な橋に代わっている。

二つの橋の先、川が一本の白い線のように細くなって消えていくところから、三角山の山裾がはじまっている。あの夏、秋に三角山を見にこようと思ったがこれなかった。怖かったのだ。もしまた、子どもの頃のような青空の下で三角山の紅葉に出会い、やがて秋の日が暮れ、吹き出す風に心を刺され、甦る想いに次々と襲われ、愁殺されてしまいそうな自分に自信がなかったのだ。

それでも、冬になるとシガを見たいと思うようになった。天気予報を気にし出した。寒さが続いた。川底に氷が宿っただろうか。Ｄ町の観光協会に電話をしてみた。この頃、マイナス五度の朝もあるので、可能性はあるということだった。

橋を渡ってから南に折れて川に沿って歩いた。新しくなった橋のたもとに石段があった。もし、シガが流れてきたら間近で見ることができるだろうと石段を下り、石畳の遊歩道を歩き、行く手に見える並木に向かって進んだ。

風が突然吹きおりて枯れ葉を舞い上げた。舞上げられた枯れ葉が一枚一枚、朝日を受けながら川面に散っていった。

すると、前方の木の影に人の背がすっとはいるところを見たような気がした。木々に近づいてみる。やはり誰もいない。上流にゆっくりと目を移した。

「みんな、どうしているだろう？」

と、思ったそのとき、再び風が立った。体に震えを覚えた。

気がつくと、石がゴロゴロした歩きづらい河原を、なにかを踏みつけて消し去ろうとするかのように先へ先へと大股で歩いていた。流れ込む小川を越えるために、遠回りして橋を渡った。だいぶ歩いたなと思い立ち止まった。

　シガは流れてくるだろうか。もし、会えないとしても、それはそれでしかたがないことと言い聞かせ、パイプ椅子を出して流れに向かって座った。川はD町を抜け、流れを早めていた。この辺りでしばらく待っていようと思う。そして、体を温めるためにと、ポケットウイスキーを出した。なつかしい味が激しく口中に広がり喉を焼き胃を熱くした。

　しばらくして、よし、これでよし、また歩いてみようと腰を上げた。隣の駅までこのまま川のそばを歩けるのなら歩いてもいいと思った。しかし、やがてゆく手は崖によって拒まれた。崖の先には大きな淵が河原にとって代わろうとしていた。しかたなく道路に出て坂道を歩いた。どんどんと川から離れ、やがて完全に離れてしまった。しばらくそのまま歩いていたが、思い切って川のほうに向かって道のない山の中にはいっていった。

　湿った枯れ葉が分厚く積もった上をゆっくりと踏みしめて進んだ。やがて川が見えてくるだろうと思ったとおり、木々の間から崖下に川が見え出した。淵を終えた川は、また流れを速めていた。

　そのときだった。確かに川の流れに乗って流れてゆくものが見えた。目を奪われた。白く輝きながらどんどん流れている様子がはっきり見えた。シガだ。川いっぱいに流れていた。

小学校一年生のあの日、孤独な灰色の空の下で見たシガが、今、再び流れているのだ。冬の低い薄日を浴びて、無数のシガたちがキラキラと輝きながら流れている。崖下に狭い河原が見える。よし、あの河原におりてシガをそばから見ようと思う。崖のそばに近づき、ルートを決めた。まず最初のポイントを探した。右側にちょっとした足場になりそうなところが見えていた。まずはそこまでおりてから次のポイントに進もうと思った。

つかまるものは小枝しかない。重心を左足に残したまま、右足の踵を伸ばし目星をつけた足場になりそうなところを探った。右足の踵を固定した。徐々に体重を移した。それから左足をドッキングさせた。まずは成功裏に第一歩を終えることができた。

このとき、これは思ったほどかんたんではないなという思いがよぎった。よし、それなら慎重にいこうと言い聞かせる。今度は、濡れた草しか捕まるところがない。また、右足を伸ばし次のポイントを探しにかかったとき、さっきの思いがよぎり、Uターンすることが頭をかすめた。

しかし、戻るためには向きを変えなければならない。それも大変だなと思っていたら、右足の踵がどうやらひっかかった。足場を固めるために踵で崖を削った。そして、体重を徐々にかけていった。しまったと思った。突然、右足の下の岩がゆっくりと下に動き出したのだ。

そして、崩れ出した。

まだ大丈夫と、咄嗟に体全体を崖側に預けるために反り返った。しかし、背にはパイプ椅子をくくりつけたリュックがあった。跳ね返された。崖を滑り落ちながらも、それでも崖側に体重を残そうと必死に反り返った。が、未練だった。次の瞬間、思いのほかの速さで滑り落ちていた。しまった、ばかなことをしてしまったという自嘲の思いは、足がなにかに引っかかり、頭から滑り出したときに激痛を後頭部に感じて吹き飛んでいた。そして狭い河原に落ちて意識を失った。

どのくらい経ったのだろうか。寒い。自分は落ちたのだ。けがばかりして育った自分にぴったりの死に方じゃないかと思う。自殺でも病死でもない。事故死でいいじゃないかと。「終わりよければ、すべてよし」は、うそと知っていた。

再び、激しい痛みが足や手、後頭部を襲ってきた。これはたんなる事故、今はこの痛みから解放されることがなによりの先決問題だ。右手が麻痺している。右手ばかりではない、足もだ。首も上がらない。いったいどのくらい耐えれば、少しでも楽になるのだろうかと思った。ウイスキーの匂いをさせて嘔吐が襲ってきた。どのような死に方をするかは問題ではない。病院のベッドであろうと、自宅で家族に見守られようが、はたまた〝看取り搬送〟だろうと。この河原で虫けらのように死を迎えてもいいのだと思った。

白い雲が灰色の雲の下を流れていく。まぶしさを感じた。そして、なぜかなつかしさの感情が横切っていった。一緒に生きた人たちへのものだろうか。

河原で横たわる体から、体外離脱した意識が水中のシガに近づいていく。シャリシャリという音を聞いた。お喋りをしているようにも聞こえた。意識が水中の中を進んでいく。「死」が流れてくる。うつむきかげんに頭を下げ、手を広げてたらし、両足をあるいは片足を縮めている者と、さまざまな姿を見せてゆっくりと流れてくる。しかし、どの表情にも暗さはなかった。

やがて父と母の姿も見えてきた。意外に明るい表情だった。ありがたいと思う。

「どうしてここにいるの?」

父はかすかにこっちを向いた。

「そっちへ行っていい?」

「……」

父は黙している。

「なにしてるの?」

「往還だよ」

やっと、口を開いてくれた。

「オウゲン？」

聞き返したが返事はなかった。弥助叔父やおばちゃんも見えてきた。伏せた顔にはかすかな笑みも見える。早めに死を迎えた者たちの姿には、諦念にたどりつくまでの葛藤がただよっているようにも思えた。「愛」のシガたちも流れてきた。ひとりひとりの姿に向かって「会いたい」という想いが生まれて消えていった。

シガの流れが変わった。妻と娘たちの現生の姿が見える。妻がこっちを見ている。仙太郎を大きく包み込み、人生の最後を一緒に送りつつあったのだ。心の中に暖かさが湧く。あなたはやり残したことはなかったのと妻の顔が聞いている。仙太郎は思った。書きたいことはあったけれど、あなたを傷つけるかもしれないと思って書けなかった。でも、それでもよかったと思っているよ。たった一度の人生よ。なにを書いてもよかったのに、すべてあなたの筆の世界のことに過ぎないんだから。一人でもわくわくして読んでもらえたらいいわ。そう、ありがとう。それじゃ、先に行って待っているから、。犬たちをよろしくね。

光が、生命誕生の根幹につながる光が、水中へとくまなく差し込んできた。まばゆさのためか、みんな目を閉じている。しかし、その表情に相変わらず苦痛はない。既視感からか、どのシガたちの表情にも、いつか出会ったことのあるような明るい親しみを感じる。川の流れが呼んできた。その誘いに応え、シガの流れの中に意識だけではなく、はいっていきたいと思った。ゆっくりと河原からシガに向かって寝返りをうてば、それですむのだと思った。苦しさの質のちがいは一瞬で乗り越えられると思った。

そのときだった。厳しい寒さを感じる。八溝颪だ。山からたえまなく吹きおりてくる風が、風を集めて川面を下ってきたのだ。保内郷のすべての風が集められて吹きおりてきたのだ。

耳には風の音とともに人々の声が聞こえてきた。声の方に必死で体を動かした。保内郷ドッチボール大会の歓声だった。

「センタロー、ガンバレー！」

声のする方に行きたいと思った。立ち上がるために、渾身の力を振り絞って叫んでいた。

「ケンコンイッテーキ！」

終章　汐見坂へ

仙太郎は嘱託が終わる数か月前、夏の一日、D町に出かけた。その後、予定通り定年を迎えた。母の介護も終えたある日、再び「シガ」を見に冬のD町に出かけて崖から落ちた。

快復した仙太郎は、大崎駅のホームで山手線の始発を待っていた。内心ではなにかをしなければという思いが募っていた。特に社会に出て組織にはいる前の若者と、定年退職した人たちがなにかをしなければと思うようになっていた。

戦争は秘密からはじまる。国民に知らせたくないことを権力が国民に隠すために「特定秘密保護法」が強行採決されてしまった。戦争は武器製造からはじまる。武器輸出を緩和するために「武器輸出三原則」を骨抜きにしてしまった。戦争は軍事司令塔から生まれるという。「国家安全保障会議」を創設してしまった。自衛隊の海外での武器使用を可能にする「集団的自衛権」を閣議決定してしまった。戦争法である「安保法制」を強行採決してしまった。そして、平成の治安維持法、共謀罪と言われる「組織犯罪処罰法」を強行採決してしまった。

国民の反対をことごとく無視して、戦争する自衛隊に向かって外堀が埋められ、本丸の憲法9条の空文化がいよいよ迫ってきている。「戦争こそが人間にとってもっとも愚かなこと」ではないのかと、すべての人に問いかけたいと思いながら、仙太郎は国会前の集会に参加するために山手線を待っていた。

風に暖かさがなかった。しかし、冷たさもないことに気づくと、ありがたいと体中が叫び声を上げげた。自分でも驚くほどのうれしさだった。年をとることも悪くはないなと笑えてくる。

ホームに電車がはいってきた。杖を脇にゆっくりと腰をおろす。久しぶりに、ほどよい人《じん》間《かん》の安寧を感じる。時間はある。遠回りをして目的の駅にいこう。

乗客の乗り降りが徐々に増えてきた。目をつぶりしばらくすると、浅い眠りの旅に出ていた。すると、奥さんに先立たれると、後を追うようにこの間亡くなった友人の顔が現れた。

「日本は、このまま進めば衰退するよ」

理由を尋ねる。

「一足飛びに、戦争をする国に突入しようとしているからだよ」

「……」

「日本人は一億総オレオレ詐欺にひっかかりつつあると思うよ」

「どうして?」

「格差と貧困で、将来への不安が若者を中心に広がっているだろ。Ｊアラートなんかで隣国への恐怖を煽ってアメリカの兵器をどんどん買ってるし。その代わりに安倍軍事暴走格差貧困衰退政権をアメリカに認めさせようとしているんだよ。軍事と土木、原発と株高に国民の税金をつぎ込み続けてるだろ。少子高齢化の日本、誰が考えたってこのまま上手くいくはずがないよね。

おまえ、国会の答弁聞いたことある？　なにが丁寧な説明だ。あの言葉を聞くとゾッとするね。質問の肝心なところははぐらかして役人が書いたのか、霞ヶ関文学用語で明るく元気にベラベラと喋りまくって時間を稼ぐと、今度は政治の責任だと強行採決と閣議決定するだろ。だけど、かなり前からはじまっていたんだね」

「いつ頃からって考えているの？」

「戦争は教室からはじまるって言われるよね。一九九九年の国旗・国歌法公布あたりから国粋主義勢力の政治が顕著になってきたよね。あれほど強制はしないという政府の言葉は四年後にはまったく無視されたんだ。東京都教育委員会から一〇・二三通達が二〇〇三年に出されると、学校行事での日の丸の掲揚と君が代の起立・斉唱が強制されはじめ、今でも続いているんだよ。教職員は一人一人監視され、報告され、従がわなかった教職員は処分されているの知ってた？　身を削り正義に寄り添う弁護士さんたちに支えられて裁判闘争しているんだよ。

今までで四八〇人も処分を受け、現在も処分を受け続けているんだよ。侵略戦争のシンボルマークであった日の丸、マーチであった君が代。二度と子どもたちを戦場に送らないという、戦争への深い反省から戦後教育は行なわれてきたんだよね。その心に正面を向かなくなった教育行政と忖度判決に対して、一五年にもなる教師の闘いはさらに続いていくんだよ。本物の教師に敬意だね。

さらに二〇〇六年、第一次安部内閣のとき、教育基本法改正で〝不当な支配に服することなく〟という部分は残ったけど、〝この法律及び他の法律の定めるところにより行なわれるべきもの〟とされ、国家が法律をつくって教育内容を自由にできるようにしてしまったよね。

まずは、教育基本法第2条で教育の目標を法定。それに基づいて、学校教育法でさらに教育目標として三つの留意点を法定したんだ。そしてそれらを法的根拠にして、いよいよ新学習指導要領は、道徳をすべての教育活動の最上位に位置づけ、道徳を教科化し、小学校では国や郷土を愛する態度、中学校では国を愛する態度を徳目として押しつけようとしているんだよね。個人の上に国を置き、人権無視の国民支配に動き出したように感じるんだよ。

戦前戦中には軍国少年少女を育成するため、天皇への絶対的忠誠心を植えつけ、軍部の求める人材育成に使われた教育勅語を教育現場で肯定的に扱うことは否定されないといった政府見解が国会で発表されて、閣議決定もされてしまったよね。道徳の教科化や銃剣術はもう学校で進められているよね」

「たしかに……」

「また、若者を貧困のままにしておき、アメリカの海兵隊の募集と同じように〝経済的徴兵制〟で兵士を募集しようとしているよね。

そしていよいよ目的の9条改憲。ところが森友・加計疑惑で追いつめられた安倍首相は突然、今がチャンスと職権を乱用して解散・総選挙に打って出たよね。でも、国民の七、八割が森友・加計疑惑の政府の説明に納得していないんだよね。選挙の結果とは関係なくこの疑惑は続くよね。徹底して追求しないとね。それに半分の国民が安倍首相の続投に賛成していないんだから。

今は戦前や封建時代じゃないよね。民主主義、主権在民の時代だよね。民主主義ってなに？選挙だよね。主権在民ってなに？　選挙だよね。なのに二人に一人しか選挙にいかない日本人ってなに？　若者は三人に一人しか選挙にいかない日本って、これからどうなるの？　日本の未来は若者のものだよね。自分の足で立ち、自分の頭で考え、どのような日本にするかを選挙によって決めなければね。政治への無関心はあるけど、政治との無関係はないんだからね」

「それは大問題だね」

「投票率の低さは少数者の支配を許してしまうよね。特に死票製造マシーンと呼ばれる小選挙区制はね。ドイツは投票率七六パーセント、オランダは前回八一パーセント、かろうじてだけどナショナリズムの台頭を抑えたよね。投票率の高さが世界の危機を救う唯一の手段だよね。日本は選挙権をどのようにして国民が獲得したのか近現代史や主権者教育が足らないのかもね。さあ、ドイツに学ぼうだね」

「なかなか難しい……」

「だけど若者は三人に一人しか選挙にいかないのではなく、いけないようにさせられているところもあるよね。大学生や短大生の約四〇パーセントの学生が奨学金を借りて卒業後有利子負債三〇〇万円を抱えて社会に出てゆくんだよ。劣悪な労働環境で働かされ、将来の夢や希望や社会について考える時間も余裕も奪われて、選挙どころじゃないのが実態なんだよね。ここにメスをいれなければ、日本は衰退への足を早めるよね。

ホセ・ムヒカさんは、軍事独裁政権下で四回も収監された後ウルグアイの大統領になり、来日時に『日本の若者の投票率の低さは政治を社会を信じていないから。不満はいいが、同じ気持ちの人と集まり、何かをしてほしい』と言ってたよ」

「いるよ。みんなで話し合ってる若者が日本にいるよ。国会前の集会で〝エキタス〟という若者がしたスピーチが新聞に載ったんだよ。この国の民主主義に息を吹き込み、人間らしく考えて生きていくために、時給一五〇〇円を勝ち取ろうと声を上げているんだよ。そして、もし時給一五〇〇円が実現したらなにに使うかアンケートをとったんだよ。一位はなんだと思う?」

「なんだろうね? 食べものかな、服かな、それとも趣味かな」

「今度まで宿題にするかな」

「いや、今教えてよ」

「じゃあ、教えるよ。一位はなんと病院に行きたいだったんだって」

「ショック! それは若者の悲しい貧困の実態を表しているね。その運動は大切だね。みんなで応援してもっともっと大きくなるといいね。マスコミも取り上げて、全国に広がるといいね。生活の苦しさからの団結だよね。ほら、昔、米騒動ってあったよね。最初は六〇人ほどの女性たちが集まってね。彼女たちは六〇キロの米俵を船に運ぶ女仲仕で、一九一八年の一月には一升あたり二四銭五厘だったのが、八月には四一銭に高騰して仲仕の手間賃は一日二〇～三〇銭だったんだ。米一升分にもならず、しかも運べば運ぶほど米の価格は値上がりしても賃金は上がらない現状にこれはおかしい、これでは食べていけないと積み出しをやめさせようと立ち上がったんだよね。その裏には、シベリア出兵による軍用米を当て込んだ米商人・資本家・地主などの買い占めがあったんだよね。金儲けのために、命の米を買い占めて値段を上げてはだめと女性たちが立ち上がったのがはじまりなんだよ。

そして、富山県内七市町村五〇〇〇人へと広がり、さらに史上空前の民衆運動へと発展したんだ。寺内内閣が倒れ、その後国民弾圧の法律である治安維持法へとつながってしまうんだよね。だけど学ぶべきことがたくさんあるよね」

「国民弾圧……」

「今、広島・長崎・ビキニ環礁から原水爆禁止に人生をかけた、被爆者の草の根の声が国連で花開いて、核兵器禁止条約が一二二か国の賛成で成立し、その前文には〝ヒバクシャ〟という言葉が記載され、世界に向かって平和の波の第一波が広がり出しているよね。そして、ICAN（アイキャン）がノーベル平和賞を受賞したよね。サーロー・節子さんの受賞記念演説があの世にも聞こえてきたよ。

『私は一三歳のとき、くすぶるがれきの中に閉じ込められ、私の四歳の甥の小さな体は見分けもつかないほど焼けただれた肉の塊となり、かすかな声で水をちょうだいと訴え続けながら息を引き取りました。建物は燃え上がり、級友のほとんどが焼け死にました。外には手足がちぎれていたり、肉と皮が骨からはがれて垂れ下がったり、飛び出た目玉を手のひらに受けていたり、おなかがさけて内蔵が飛び出ていたりの人々が列をなしていました。世界のあらゆる国のすべての大統領と首相は、この条約に参加してください。核による滅亡の脅威を永久になくしてください』

しかし、安倍首相にはこの声が届かなかったね。ノーベル平和賞を受賞したICANの事務局長フィンさんとの面会を断ったよね。世界で唯一の被爆国の首相として世界中から失望の声が聞こえてきていないかい？　国民の命と暮らしを守るなんてよく言えるよね。この言葉を信じる国民は、オレオレ詐欺に引っかかっているみたいだね。

トランプ大統領は核体制の見直しを発表したね。やっぱり、サーローさんの声が届かなかったのかね。小型の核を開発し、潜水艦から発射する弾道ミサイルに用いるんだって。そして通常兵器への報復にも核兵器の使用を排除しないって言うんだ。しかも日本の外相は高く評価するって。核は必要悪ではなく絶対悪なのだと声を上げ続けなければね。頼むよ。

俺はもうこの世にはいないけど、そう、自分の死などこの宇宙から見たら偶然できた惑星の小さなできごとに過ぎないんだ。でも、日本の将来のことを考えると、孫たちがどうなるかは心がちぎれるほど心配だよ。話しかわるけど、アンダー・コントロール発言、おまえはどうして問題にならないって考えている？」

「そうだね。世界に向かって、五輪招致のためにウソついたんだよね。それが問題にならない、不思議な日本と世界だよね」

「安倍首相は東日本大震災の政府主催の追悼式の式辞で、たくさんの人がいまだに苦しんでいるのに、廃炉も見通しがたたず悪戦苦闘中にもかかわらず原発事故という言葉を六年目にして使わないいんだよ。反省したのか、七年目には使ったみたいだね。

原発の事故調査委員会は四つあったよね。その最終報告をＮＨＫスペシャルが二〇一二年七月二四日に取り上げたんだよ。事故調の一つ、事務局が衆議院の国会事故調査委員会、委員長は黒川清さん（元日本学術会議会長）が、原発の安全性を高める機会が過去二三回あり、もし実施していれば十分に防ぎ得た。怒りを感じると述べたんだよ。例へば一例を挙げると、一九九三年に原子力安全委員会が全電源喪失の対策を提案したんだけど、三〇分以上の電源喪失は考えられないと東電ははね除けてしまったんだよ。あの時、電源喪失対策を真剣にやっておけばこんな大事故にならずにすんだ可能性があったんだよね。このように全部で二三回も無視したんだね。それで東電による人災であると断罪したんだね。だけど東電の株主も債権者も責任をとらないまま、国と東電の間に原子力損害賠償・廃炉等支援機構をつくってしまったよね。会計検査院の試算が発表されたよね（二〇一八年三月二三日）。それによると、国が金融機関から借りて、東電にこの機構をつかって貸付けた一三兆五〇〇〇億円の回収には、最長三四年もかかり、なんと金融機関に支払う利子二二八二億円は、国が負担するんだって。ひどい話しだね」

「そんなことが……」

「思い出した、あれもひどかったね。集団的自衛権の行使は日本人の命と暮らしを守るためだとテレビでやったよね。邦人救出のアメリカ艦船の話し、基本的には民間人は乗せないし、乗せるとしても国籍による順位があって日本人は後ろの方なんだよ。ほとんどあり得ない話しだよね。火事の話しも消火活動と同一視は無理だよね。ホルムズ海峡への機雷掃海艇の話し、イランは経済制裁を解かれたばかりで撒く可能性は低いよね。あの説明の変な強引さ、もう日本人は話題にしないんだろうかね。

三度廃案になった共謀罪をテロ等準備罪なんてネーミングして、この国内法の法整備ができないと国際組織犯罪防止条約の締結ができなくなってしまう。ひいては五輪が開催できないかもと国民に堂々とウソをついたよね。〝テロ対策ならいいんじゃない〟って、国民の半数以上がだまされて賛成したけど、国民はバカじゃなかったよね。衆・参の審議が進めば進むほどこの法案、テロという言葉が出てこないことがばれてしまったよね。国際条約はまったくテロとは無関係のマフィア対策の条約なことがばれて、すでに国連のテロ対策条約のほとんどを日本は締結していたんだよ。国内法でテロ対策ができることが明らかになり、平成の治安維持法であることに気づき出した七、八割の国民の〝もっと審議をすべき〟との声を無視し、委員会採決を省略する中間報告とやらの奇策で、二〇一七年六月一五日、午前九時四六分、共謀罪法案を成立させてしまったんだ。このまま進めば再び、国家による弾圧の時代がまたはじまるよね。俺は安倍内閣のクーデターだと思っているよ」

「そうだね。でも、たくさんの人がおかしいって気づいているんじゃない」

「でも危ないよ。日本の国民の多くは、まだ江戸時代を生きていて、お上には逆らわないってだれかが言っていたよ。アメリカでもイラクへの軍事介入のとき、最初はアメリカ人の七割がブッシュ大統領おかしいよと反対だったのが、いつの間にか逆転してしまったんだから。

トランプ大統領の北朝鮮への軍事行動には、アメリカ国民の七割近くが反対なんだけど、ロシアゲート疑惑、ロス商務長官のパラダイス文書での疑惑も加わり、さらに支持率が低下しているよね。トランプ大統領は起死回生で武力行使を虎視眈々と狙っていて、日本も動かそうとしているよね。この間の北朝鮮のミサイルが日本上空を通過したとき、トランプ大統領はなぜ日本は打ち落とさないのかって言ったよね。でも技術的にも法的にも無理だよね。そんなことをしてもなんの解決にもならないし、日本にとっては危険この上なく、絶対にだめだよね」

「そのとおりだね」

「そうだよ。でも、安倍首相も油断できないよ。森友・加計問題で追いつめられているからね。低投票率と小選挙区制で議席数を維持したに過ぎないのに、自衛隊の憲法9条明文化の国民信任を得たと言わんばかりに、自衛隊の集団的自衛権行使にまっしぐらだからね。

戦後、集団的自衛権は認めてこなかったのにもかかわらず閣議決定で認めてしまい、二〇一四年の選挙に勝つと、選挙公報にはないのに集団的自衛権は国民の承認を得たなんて平気で言うんだからね。ところで、あの時の二つの屁理屈知ってる?」

「ああ、少しは知ってるよ」

「そう、じゃあちょっと堅い話しになるけど話すね。

ホームまで緑が迫っている、原宿だね。

一つ目は、一九五九年の最高裁の砂川判決の中に出てくる自衛権に集団的自衛権も含まれるとしちゃったんだよ。基地問題の判決文だよ、田中耕太郎（第二代最高裁判所長官）でさえ生きていたら、アッと驚く為五郎だろうと思うよ。それとも、やったーって言うかな？

二つ目は、一九七二年の政府見解の中の自衛権にも、これまた集団的自衛権を含むと解釈しちゃったんだよ。理由は日本を取り巻く環境の厳しさが増したからだと言うんだよ。おいおい、待ってよ。慰安婦問題では強制の証拠がない、侵略戦争には定義がない、そして靖国神社参拝。これでは、中国の一部の軍人を中心に、ますます核心的利益（武力肯定の考え）を煽っているよね。日本人の中にも〝中国が攻めてきたらどうすんだー〟って、恐怖感を煽られ、軍拡競争を認める人が出てきているよね。そもそも、煽ったのは誰？

そして現在、北朝鮮の脅威をチャンスと捉えて煽りに煽り、話し合いは無駄、軍拡競争を肯定してアメリカから兵器をどんどん購入しているよね。だけど、軍拡競争を続ける先になにが見えるの？　経済は疲弊して歴史の過ちをまた繰りかえすだけだよね。

なぜ村山談話や河野談話を継承できないのかね。このままではアメリカの属国になって、日本は軍事独裁政権に向かってしまうよね」

「まったく同感だよ」

「ところで今の話しの中の侵略戦争だけど、国際的には定義はあるよね。そして慰安婦問題の強制は、東京裁判のＢＣ級戦犯の裁判で日本政府も受けいれているバタビア裁判１０６号事件で、軍の関与と強制連行についての明白な文書が国立公文書館で最近発見され、慰安婦問題の調査をしている内閣官房副長官補室に提出されているんだよ。政府は誠実に対応しなければね。時間稼ぎはだめだよね。そして靖国神社参拝。少なくない日本の政治家が集団参拝するのに危機感を覚えてか、二〇一三年一〇月三日、当時のケリー国務長官とヘーゲル国防長官の二人がわざわざ千鳥ヶ淵戦没者墓苑に参拝をして見せたよね。しかし安倍首相は、同年一二月二六日に靖国神社参拝をしたよね。しかしその後は玉串だけになったね。そしてアメリカも日本を属国化して利用するためか、まさに安倍政権を軍事独裁政権に仕立て上げようと後押ししているように見えるね。欧米がアフリカや中東や中南米などを植民地にしてコントロールするために軍事政権を認めたやり方だね。

新宿だ。やっぱり人の乗り降りが多いね。

かたい話が続くけど、集団的自衛権って国際法の中でどのように誕生したか、自衛の中にどうして集団的自衛権が含まれていると彼らが主張したのか話していい？」

「もちろん。元気なおまえの話しが聞けるなんて久しぶりだし、気にしないでくれよ」

「おお、ありがとう。じゃあはじめさせてもらうよ。あのね第二次世界大戦の反省からね、国際連合が生まれたよね。これからの国際紛争はすべて国連の管理の下におかれ、加盟各国の武力行使は許されないとされたんだ。まあなんと、人類の理想を掲げてスタートしたんだよね。しかし現実には、安全保障理事会が動くまでには時間がかかり、安保理が動くまで自国が攻撃された時に限って武力行使を自衛の権利として認めたんだよ。それが個別的自衛権なんだ。ところが、中南米を国連に加盟させるために自国が攻撃されていなくても、密接な関係にある国が攻撃された時にも安保理が動くまで、国外で武力行使をしてもいいよとしてしまったんだよ。これが集団的自衛権なんだよね。そして、国連憲章51条に組み込まれたんだ。そこのところ、英語でなんて言うか知りたい？」

「頭にはいらないからいいよ」

「アハハハ、まあ、年取ったら勉強だよ。やっと憶えたんだから聞いてよ。the inherent right of individual or collective self-defense って言うんだよ。これが確定した国際法・国連憲章51条なんだよ。

さて、日本はどうしたか？　集団的自衛権は憲法9条から認められないと、戦後の自民党内閣ですら海外に出ても武力行使はしなかったんだよね。でも日本が外国から攻撃されたときには、日本を守るために個別的自衛権は行使するんだ。他国から見れば、へえ、日本ってそうなんだ。日本を攻めなければ日本から先に攻めてくることはないんだと、これこそ最高の抑止力になるよね。だから日本は海外で戦後、一人も殺しも殺されもしてないんだよね。こんなすばらしい国ってないよね。なのに集団的自衛権の閣議決定と、安保法制の強行採決で国家安全保障会議が存立危機事態と認めたら、自衛隊による集団的自衛権の行使を可能にしてしまったんだよね。最初は南スーダンへの自衛隊の派兵だったね。駆けつけ警護で武器使用を認めてしまったんだ。

二番目は東京湾沖で海自護衛艦・いずもとアメリカ海軍の補給艦・リチャード・E・バードが合流し、四国沖まで一体化づくりをしたよね。今回はあり得ないと言われていたけど、もし途中で攻撃や妨害行為を受けたならばアメリカ艦防護のために、いずもは武器使用ができるとしたんだよ。実績作りだね。これからが恐ろしいよ。

なぜこんなことになってしまったと思う？

二〇一五年九月一九日の午前2時、安全保障関連法＝安保法制＝戦争法が強行採決されてしまったよね。半年後施行され、自衛隊法95条の2の武器等防護を改訂したその中に米軍など他国軍の武器も防護の対象にするとしてしまったからなんだよね。

三番目は日本海でのアメリカイージス艦への海自の給油艦による洋上給油活動中に、攻撃や妨害行為を受けたならば、やっぱり武力行使を可能にしてしまったんだよね。二番目の新任務は公表されたけど、三番目の洋上給油は非公開なんだよ。国民への危険な目隠しがはじまってしまったね。国民には知る権利があるよね。でも知ろうと行動すると秘密保護法違反で逮捕だよ。いよいよ恐ろしい戦前がはじまったね。

四番目は北朝鮮の弾道ミサイル火星12の射程三三五六・七キロを一七分四五秒をかけて、グアム島周辺三・四〇キロの海域への着弾に際して、小野寺五典新防衛相は国家安全保障会議が安全保障関連法に基づく存立危機事態と認定すれば、集団的自衛権で迎撃可能と発表したんだよ。憲法9条に自衛隊を明記しなくっても、国外で武力行使をする国に向かってどんどん進んでいるんだよ」

「そうなんだ。知らないうちに、怖いね」

「巣鴨駅だね。巣鴨プリズンのあの煙突はもうないんだね。一九四八年一二月二三日、東京裁判でA級戦犯とされた東条内閣の七人が処刑されたよね。岸信介A級戦犯はなぜか処刑されなかったんだ。それどころかその後に首相にもなっちゃった。責任をとらないその傲慢さがとうとう孫の安倍首相に隔世遺伝されたような今日だね。この頃の彼の国会答弁はひどいよ。森友疑惑で野党に追及されると質問には答えないで、聞かれてもいない籠池前理事長の悪口を一〇分間もしゃべり続けたんだって。怖いのはこのことに慣れてしまって声をあげない国民だよね。

傲慢人間の特徴は三つ。一つ目は、自分の存在を特別なものと考えていること。二つ目は、自分の周りに、自分を肯定する人を集めること。三つめは、自分を否定する人に対しては、徹底的に攻撃することなんだって。まさにぴったりだね。

巣鴨プリズンの忘れられない話しがあるんだ。戦時下の兵士は逆らうことのできない上官の命令、そう上官の命令は天皇陛下の命令だったんだよね。その命令でアメリカ兵を石垣島で斬首した二七歳のBC級戦犯の青年が一九五〇年四月七日処刑されたんだ。処刑の直前まで獄中で書き綴った日記を紹介するよ。

——廊下のスチームがゴーゴーと鳴り、読経の音声とよく調和して微妙なハーモニーがある。阿弥陀如来が「ヨシヨシ」おまえを救ってやるぞと云う風に聞こえて大いにうれしい——

処刑前日の辞世の歌。

ひとすじに　世界平和を祈りつつ
円寂の地へ　いましゆくなり

石垣島には初恋の女性がいて、五六年後その青年の小樽に住む弟からこの日記を託され、女性は生まれる時代がもしちがっていたらと、何度も考え続けたと言うんだよ」

「重い話しだね。心の底にとどめて置かなければいけない話しだ」

「そうだね。ところでさっきの学校行事での日の丸・君が代を教職員に起立・斉唱・伴奏を強要する職務命令、これって考えてみれば上官の命令に似ているよね。思想良心の自由を認める憲法に違反していると気づいて、私たちは社会のカナリアなのですとはじめた教職員の裁判だったのに、最高裁は学校行事での日の丸・君が代の起立・斉唱・伴奏の職務命令による強制は、儀礼的所作の強制であり思想・良心の自由をおかしてはいないと日本の危険に気づいていない、いや気づかないふりの判決なんだよ。この職務命令の目的は、実は教職員ではなく、子どもたちへの上官の命令に従う訓練であることに気づいてほしいね」

「本当にそうだね。ところでなにが原因で、日本は時代逆行の暴走をする国になってしまったと考えているの？」

「いやあ、おまえいいこと聞いてくれるねえ。大きくは三つの暴走エンジンを俺は考えているんだよ。一つ目の暴走エンジンは、二世三世議員などを中心にした国粋傲慢主義勢力の台頭だね。二つ目の暴走エンジンは、ジャパン・ハンドラーと言われるアメリカの対日要請勢力。三つ目は日本の財界だね。

一つ目の暴走エンジンだけど、戦後日本は一億総ザンゲなんて言っちゃって、日本人自身では戦争責任を問えていないよね。戦争を反省するのは自虐史観なんて言っててね。

小池都知事は関東大震災時に虐殺された朝鮮人の慰霊式典への追悼文を断って、関東大震災の追悼式への追悼文だけにしてしまったよね。これってA級戦犯の祀られている靖国神社を参拝して、戦争責任者と戦死者をひっくるめて手を合わせてしまうのと同じだよね。日本人による加害の歴史を正視しないで、責任問題に目をつぶる精神構造って君はどう考える?

正直言って俺にはわからない。

なぜドイツは戦争犯罪に時効を設けずに、いまだに追求できているんだろうね。つい最近も元ナチス親衛隊の九六歳の被告を収監するようにドイツ連邦憲法裁判所は判断したんだよ。刑務所でも医療は受けられて、容体急変のときには刑の執行を一時中断する条件つきだけどね。日本は戦争の反省や投票率の高さについてドイツに学ばなければね。

もし、憲法9条が空文化されて、子どもたちに戦争をしない日本を残せなかったら、おまえは一体どうする？　死んでなんかいられないよね。

ところでテレビの国会中継見た？　どうして官僚が国会の参考人招致で『そのようなことを言った記憶はございません』を何度繰り返しても平気なんだと思う？　国有財産の土地を八億二〇〇〇万円も安く売却したことについて、『売買契約締結をもって終了しているので記録は残っていない』と言っているよね。電子メールの復元についても、『電子データは適切に削除され、専門家でも復元できないと聞いている』。そして『適正な価格で売った』と。その後、その官僚は国税庁長官に栄転だよ。いくらなんでも国民をバカにしていないかい？

そしたらね、内閣府から公文書管理の新指針案とやらがでたんだよ、知ってる？　そこには〝政府の意思決定の検証に必要な文書は、一年以上保存する〟とあるんだけど、おいおい待ってよ、どの文書が検証に必要かということを誰が判断するの？　各省庁の判断任せじゃ、秘密保護法と同じだよね。客観的に独立した第三者機関が判断しなければね。権力者の都合のいい判断をチェックできないよね。その場しのぎの誤魔化しがいつまでも起きる原因はなんだと思う？」

「それは人事制度を変えてしまったからだよね」

「そう、二〇一四年五月、当時の稲田朋美特命大臣と菅義偉官房長官などがタッグを組んで内閣人事局の設置を実現させ、各省庁の審議官級以上の約六〇〇人の人事を握ってしまったからだよね。出世と首を握らてしまった官僚は、憲法15条2項で全ての公務員は、全体の奉仕者であり、一部の奉仕者ではないから切り離され、ヘビに睨まれたカエルになってしまい、国会でのウソ答弁はみんなやっているし、家族のため、自分のためと、ほとんどの高級官僚は鉄面皮にされてしまったんだね。でも、がんばっている元文科省事務次官がいるのはうれしいね。

日本と同じ議院内閣制のイギリスなどは、高級官僚の政治への任用はあるけど、少数のトップに限られているんだよ。いくら何でも六〇〇人支配は恐怖政治だね。北朝鮮と似ているよね。だけど日本中で同じようなことが人事評価で起こっているよね。それによって多くの人が心を病んでいるんだよね。

憲法第6章・第76条の③は、すべて裁判官は、その良心に従ひ独立してその職権を行ひ、この憲法及び法律にのみ拘束されるとされているのに、あまりにひどい権力寄りの判決が多いよね。それは裁判官も最高裁事務総局によって人事評価されているからだよね。これで三権分立なの？」

「そうだね。日本って本当に三権分立の国なのかね」

「森友疑惑は次の二点で幕引きは不可能がはっきりしてきたよね。

一点目は、二〇一五年九月、安倍昭恵夫人は森友学園の小学校の名誉校長になったよね。同年一〇月、籠池前理事長から昭恵夫人へ定期借地契約一〇年の延期について、財務省への交渉を依頼。同年一一月、谷査恵子首相夫人付き職員（当時）から、田村嘉啓財務省国有財産審理室長（当時）の返答を籠池前理事長にファクスで送ったよね。内容は、①財務省本省の答えは延期は認められない。②しかし引き続き当方としても見守ってまいりたい。③本件は昭恵夫人へもすでに報告。このようにまずは四者の関係が明白になっている点だよね。

二点目は二つ。両者とも音声データがあること。一つ目は二〇一六年三月一五日、籠池夫妻が財務省で田村審理室長（当時）と交渉。小学校建設に非協力的で昭恵夫人が侮辱されている、新しいゴミを発見、損害賠償の可能性と迫ったこと。二つ目は三月下旬から四月にかけて、森友学園において財務省近畿財務局職員二人、国交省大阪航空局職員、学園の代理人弁護士（当時）、そして工事業者の四者による値下げの口裏合わせが、国会（二〇一七年一一月二八日）で音声データとともに確認されたよね。工事業者は三メートル以下からゴミが出てきたかどうかわからないと言っていたのに、役人などの混在、可能性などの言葉に推されて架空のゴミを認めて価格調整に進んだんだよね」

「そうなんだ」

「さらに今回、情報公開請求によって新しいことが明らかになったんだよ。それによるとすでに二〇一五年一二月の段階で、財務省近畿財務局内の売却担当者と法務担当者との間で、森友学園が買い取れる価格について価格調整を行なっていた記録が公にされたんだよ。佐川元財務省理財局長の国会答弁と矛盾し、疑惑はますます深まったよね。会計検査院も売買価格の試算根拠が確認できないと発表しているしね。

こうして、籠池前理事長の驚きの想定外の大幅値下げ、神風、政治的関与があったのではなどという言葉が出るほどの八億二〇〇〇万円の値下げが行なわれたんだよね。完全に真っ黒だよね。

加計学園の疑惑だけれど、大学設置・学校法人審議会（設置審）が終了し、委員の一部が取材に応じたね。設置審の座長からすでにいろんな建物が建設中の段階で答申をのばしにのばしていると、学園側からの訴訟のリスクがあると圧力をかけられたこと。また、文科省側からはこの場は四条件を満たすかどうかの議論をする場ではないと繰り返し伝えられたというんだよ。でも、座長と文科省側の主張に納得できる国民はいないよね。一四人の委員のうち、複数が取材に応じ、認可された加計学園の計画を国家戦略特区認定の条件を満たしているとは思わない、忸怩たる思いだと語っているんだよ。これまた真っ黒だよね。

これだけはっきりしている森友・加計疑惑に幕引きがなされたら、日本の歴史的な汚点になっちゃうよね。二つの疑惑を解決しない、汚れたままの美しくない政権と一緒に、〝美しい日本〟の憲法をつくろうとしている人々がいるけど矛盾してない？

四条件、ちょっと確認しておくよ。二〇一五年六月に閣議決定した日本再興戦略で獣医学部新設には、一、既存の獣医師養成でない構想の具体化。二、ライフサイエンスなどの獣医師が新たに対応すべき具体的需要。三、既存の大学では対応が困難。四、獣医師の需要動向。

話しは変わるけど、国会の傍聴にいったことある？　アフガニスタンへのアメリカの軍事介入のとき、日本はどうするかでアフガニスタンで人道医療活動をしていた医師を国会に呼んで意見を聞いたんだよ。医師はアフガニスタンにとって必要なことは、貧困からの解放であり、軍事介入は百害あって一利なしと述べたんだよ。そしたら、『取り消せえ、自衛隊員は命がけでいこうとしてるんだぞ、取り消せえ』というヤジが飛んだんだ。この国会議員のヤジの根底になにが見える？　どう解釈する？　もう、かなり前からナショナリストが台頭していたんだね。

この間のＮＨＫスペシャルで、第二次大戦中のインパール作戦をやったけど、撤退が決定すると一番最初に日本に逃げ帰ってきたのは指揮官で、戦後を生きのびるんだけど、二万人の兵士は死に追いやられて〝白骨街道〟となるんだよね。

中国ハルビン郊外での731部隊が三〇〇〇人にもわたる人体実験を行ない、その実験資料をアメリカに引き渡して戦後を生きのびた石井部隊長たちと同じだね。これが軍人の実態だったことを日本人は心に刻まなければね。

自分と意見がちがうと態度をがらりと変える国会議員がいて、ヤクザみたいだとある憲法学者が言ってたよ。選挙で全権委任されたと誤解した、自己肯定だけの勃起集団のようだと言っていた人もいたね。しかし、魅力を感じてしまう人も中にはいるんだろうね。この間亡くなったドイツの元大統領の『戦争の実相を心に刻めない者は、同じ過ちを犯す』という言葉、まさにその通りの危険が国会にも日本中にも溢れ出しているんだね。

知ってる？　二〇一七年の衆院総選挙で自民党立候補予定者の約四割が共同通信社のアンケートで、北朝鮮へのアメリカ軍の軍事行為を支持すると答えているんだよ。希望の党の元代表は、『平和平和と言っている神学論争の時代は過ぎた。安保法の成立は遅きに過ぎた』と言っているんだよ。

原子力空母ジョージ・ワシントンに代わって、横須賀にこなくてもいいのに、原子力空母ロナルド・レーガンがきたよね。さっそく艦載機のコックピットに乗り込んだ安倍首相の写真。東京大空襲を経験している俺のオヤジが見たら許せないと思うよ。空からガソリンをまかれ、B29から雨のように焼夷弾が落ちてきて焼き殺される夢を見続けたと言っていたからな。

二つ目の暴走エンジンはアメリカだね。あの時、そう、二〇〇四年二月。ベトナム戦争を経験して反戦主義を提唱し、国際協調路線をとるケリーがブッシュに大統領予備選では勝っていたんだよ。しかし、ケリー大統領の誕生はかなわず、ブッシュ政権にケリをつけることができなかった。そのため、アフガニスタンやイラクへの軍事侵攻は長引き、紛争とテロと難民問題を引き起こし続け、現在の最悪の世界情勢を生んでしまったよね。

オバマ元大統領はイラクからの米軍撤退宣言（二〇一一年一二月）をし、アメリカは世界の警察ではないと膨れあがった軍事費削減と、インドを含めたアジアへのリバランス（兵力再配備・二〇一二年一月）と四万人の陸軍削減を発表したよね。

推測もあるけど、このアメリカの流れは新しい軍事作戦構想を生み、日本に対しては日本の軍事化を内容とする第三回アーミテージ・ナイの対日要請となって、二〇一二年八月に日本に要求されたと思うんだよ。その年の暮れに誕生した安倍第二次政権は、アメリカの要請をテコにして軍事化暴走のシナリオをつくり、強行採決を連発して今日に至っているんだね。

二〇一四年四月二四日に行なわれた日米首脳会談では、沖縄・米軍新基地建設の推進と日米新ガイドライン（軍事協力指針）の見直しについて合意し、さっそくその年の七月一日に辺野古新基地建設に着工し、翌年四月二七日には日米新ガイドラインを決定してしまったよね」

「そうか、アメリカのその流れに合致して、日本の軍事拡大をどんどんと波に乗せたんだ。それで安倍首相は、二〇一五年のはじめにアメリカ議会で日米同盟は希望の同盟だと叫んだんだ」

「おおそう思うよ。本来、安倍首相は歴史修正主義者と見られ、アメリカから信用されていなかったんだからね。

さて、在日アメリカ軍は自衛隊と指揮命令系統の一体化を最優先にしているのは、減らされるアメリカ軍の補完のための自衛隊に、アメリカ軍の指揮命令が通じなければ使いものにならないからだよね。アメリカ軍は日本中の自衛隊駐屯地をアメリカ軍基地の再編に利用し出したよね。

さあ、核心を話すよ。もし、ブッシュ元大統領が大統領選挙に負けて、アフガニスタン、イラクへの軍事介入が引き上げられていたならば、その後のリバランスは必要なく、在日アメリカ軍基地の再編・建設はこんなにも加速されなかったと思うよ。安倍内閣の軍拡暴走政治もこんなにひどくはならなかったと思う。世界が抱える問題の大きな原因の一つは、ブッシュの軍事侵攻だったと見えてくるよね。パックス・アメリカーナ（アメリカ中心の世界平和）は、いきづまっているよね。

あのね、イラク戦争で息子を失ったアメリカ人夫婦の話なんだけど、退職後、お父さんがイラクに行き、息子の戦死をたどり、アメリカ軍のクラスター弾の爆発によって死んだことを突き止め、そして思うんだよ。イラク戦争に勝者はいない。双方の国民に大きな傷を残しただけだと。どの国や地域でも非暴力で協力し合うことでしか平和はつくれないと。

息子は国を守るために死んだのではない。当時のアメリカ政府の政治や経済的利益のために起こした戦争によって死んだのだと、そこから平和運動に向かうんだけど、お母さんは、息子を侮辱してはいけない。国に奉仕した者として、誇りたたえなければならないと。

そして二人は離婚するんだよ。このお母さんと同じように考える人が日本にもいるよね。靖国神社がそうだよね。このお父さんのように息子の戦死からイラク戦争を掘り起こし、平和を訴えることこそが人間としての本当の勇気ある姿だと思うんだよ。世界中で紛争が、テロが、難民の悲劇が続いているいまこそ最も大切なことだと思うんだけど、おまえはどう思う？」

「そう、息子の戦死をどう受けとめるかのちがいから離婚したの。もちろん、お父さんが正しいと思うよ。お母さんは戦争の実相、非人間的なマイナスの面に目をつぶってしまっているよね。思考停止して、感情操作で誤魔化そうとしているよね。国やお上には逆わらないだよね。しかし、どちらも悲劇だね。息子への喪失感との闘いだからね」

「アメリカに一番言いたいことを言うよ。『アメリカよ、軍需依存経済を見直そう。軍拡競争の先に平和はない。あるのは経済の疲弊と独裁政治の危うさだけだ。脅しと紛争とテロに使われる核を武器をつくるな売るな。そして、一日一〇〇人近くも銃で死んでいるのだ。銃規制に進み、核兵器禁止条約に加盟してから、北朝鮮にものを言おう』と。

トランプ大統領がF35ステルス戦闘機の値段が高いと言ったら、すぐに七パーセントも安くできるのは、いかに軍需産業がぼったくり産業で、国家予算を食いものにして財政をゆがめ、社会保障を削ってきたかわかるよね。彼らにとっては平和は敵なんだよね。

オバマ元大統領は軍事費の削減に向かったのに、トランプ大統領は軍事予算の一割アップを宣言してしまったよね。

そして早くもトランプ大統領は、安保理決議なしでシリアのシャイラト空軍基地に巡航ミサイル五九発を発射したよね。理由はアサド政権がシリアの北西部イドリブ県への空爆で化学兵器を使用し、赤ちゃんまで殺害したことだという。しかし、この空軍基地への攻撃でシリア兵七人と子ども四人を含む九人の民間人が殺害されたんだよ。六年も紛争に苦しみ、もう紛争はたくさん、軍事的な解決はないというシリアの市民や難民の声を、トランプ大統領が無視するのは軍需産業中心のアメリカ経済だからだよね。だからトランプなのにハートがないって言われるんだね。

そしてシリア空爆のすぐ後、トランプ大統領はアフガニスタンの東部をＩＳ掃討と称して、大規模爆風爆弾（ＭＯＡＢ）を落としたよね。それに対して、アフガニスタンのカルザイ元大統領はこう言ったんだよ。『これはテロとの闘いではない。我が国を新型の危険な爆弾の実験場にした。最も強い言葉で非難する』と。

アメリカに対してこんな正鵠を得た発言のできる人は世界に少ないよね。いまでも涙が出るほど感動したことを覚えているよ。

ところで日本は、大統領のシリア空爆声明から四時間後にアメリカ政府の決意を支持すると表明したよね。国家安全保障会議ですばやく決めてしまったんだ。おかしいよね。完全に安倍政権はアメリカ追随だね。

それに安倍首相はアメリカの兵器を買うことは、アメリカの雇用に役立つとも言っているんだ。軍拡競争による兵器づくり経済のアメリカにペットみたいにべったりだよね。安倍首相のことを金管楽器で言うとなんと言うか知ってる？」

「なんだろう？」

「トランペットって言うんだって。どんぴしゃのユーモアだね。

ところで、北朝鮮とアメリカがイスラエルとパキスタンのような愚かな行きちがいが起こって交戦状態に突入したら、一番被害を受けるのはどこだと思う？　そう、朝鮮半島だよね。そして日本のアメリカ軍基地や原発が危ないよね。

ところが、偶発的な危険だけでなくホワイトハウス内で北朝鮮を攻撃するなら早いほうがいいという声が強まっていると言うんだよ。一つ目の理由としては、トランプ大統領がアジア歴訪で地ならしを終えたら、いつ着手してもおかしくないから。二つ目は北朝鮮のＩＣＢＭ（大陸間弾道弾）が大気圏再突入に成功していない今のうちに。三つめは支持率低下回復のため。

トランプ大統領は遠く離れたアメリカのゴルフ場での会見で、『これまで世界が見たこともない炎と怒りに直面することになる』なんて言ったよね。世界が見たこともない炎が起こるのはアメリカではないんだよね。つまり、アメリカの本音がよくわかるよね。このことに日本人は気づかなければならないよね。今言ったけど、一番被害を受けるのは朝鮮半島と日本だよね。安倍首相とちがって文大統領は、『いかなる場合にも、朝鮮半島で武力衝突があってはならない』と、トランプ大統領の意に反して述べているんだよね。安倍首相と文大統領とどちらが、国民の命と暮らしを本当に守ろうとしているか明白だよね。ところで、北朝鮮はなぜあんなに核開発やミサイル発射に依存する異常な国になったと思う？」

「北朝鮮の指導者の恐怖感だろうね」

「そうだね。金日成はもともと朝鮮半島の非核化を訴えていたんだよ。だけど一九五六年、旧ソ連の核研究所へ技術者の派遣をはじめてしまったんだ。金正日になるとだんだんと、アメリカと中国とロシアから離れて孤立し、特に対アメリカ不信が募り、体制の保障は得られずにとうとう金正恩になり、身の危険と国民の目を外に向けさせるために、ミサイルと核開発に走ってしまったんだね。

ブッシュ元大統領はイラク、イラン、北朝鮮の三国に悪の枢軸というレッテルを貼ったよね。そして、イラクのフセイン元大統領の処刑された姿が公表され、口もとに内蔵のようなものがでていたね。あの写真を見て、今度は自分がやられると恐怖感から異常な軍事依存症に向かって加速したんだね。定期的な米韓の軍事演習によって恐怖感が増殖され、アメリカの斬首計画を知って、核保有国だけがアメリカに侵略されないと考え、核開発とミサイル開発に突っ走るようになったんだね。

だけど北朝鮮の本音は、アメリカとの和平交渉だと言われているよね。米韓と戦争しても勝てないことはわかっているからね。北朝鮮はアメリカに和平合意の提案をしたことがあったんだよ。でもアメリカは北朝鮮と和平合意をして、アメリカ軍を韓国から撤退したときのロシアや中国の南下の危険や損得を勘案してノーだったんだろうね。

フォードの若き社長だったマクナマラは、ケネディー元大統領にヘッドハンティングされて、ベトナム戦争の指揮を執ったんだ。彼は晩年の回顧録で、ベトナム戦争はまちがいだった。ドミノ倒しの理論もまちがいだったと述べているんだよね。アメリカはその後、マクラマナのこの言葉をどのように受けとめ生かしているんだろうね。

ベルリンの壁は無血で取り払われたのに、三八度線はいまだにアメリカの掲げる国連旗の元で停戦のまま。朝鮮半島のこの悲劇、みんなで声を上げ続ける以外にはないよね。北朝鮮への人道支援を予定通りに行なうって文大統領のすばらしい発言があったね。トランプ大統領も認めたね。さらに米韓での戦時作戦指揮権の韓国への返還希望をアメリカに表明したよね。実現はともかくとして、主権国家として正論を述べるだけでもすばらしいよね。日本をいまだに占領下にしている安保条約の地位協定について、文大統領のようにしっかりものが言える日本にならなければね。

リオで行なわれたオリンピック、韓国と北朝鮮の女子選手が二人寄り添って写真を撮っていた光景は忘れられないね。そして今度の平昌冬季オリンピック。女子アイスホッケーが統一チームで出るね。楽しみだね。問題は開幕前日の八日、北朝鮮は軍創建日なんだ。軍事パレードしないといいね。そしてオリンピックが終わってすぐ、米韓合同軍事演習をやらないといいね。さらなる愚かな脅し合いを続け、ハワイでのミサイル警報誤配信事故みたいなことをきっかけにして、核戦争までぎりぎりの地点にきていると言われる懸念が現実にならないことだよね。

ところで、平昌冬季五輪をきっかけに、南北の緊張が対話へと向かっているよね。政治利用なんて冷ややかに見ているばかりではダメだよね。開会式に出席した金正恩氏の妹、与正さんが文大統領に首脳会議を要請し、四月下旬までに行なうことで合意されたよね。韓国の特使団がさっそく北朝鮮を訪れると厚遇で迎えられ、帰国後の報告では、北朝鮮は非核化に加えて関係正常化のためにアメリカと協議する用意があると表明したと言うんだよ。トランプ大統領も五月までに応ずると表明したよね。核の傘も含めて、北東アジアの非核化に向かって様々な課題を一つ一つ乗り越えて進んでいくときがきたね。幅四キロメートル、長さ二五〇キロメートルの非武装地帯（DMZ）、南北合わせて一〇〇万人以上を超える正規軍がにらみ合っている三八度線が取り払われるときが必ずくることをあっちから楽しみに見ているからね。そして、全大中元大統領のように、文在寅大統領もノーベル平和賞をもらえるといいね。

また話しが飛ぶけど、イラクに大量破壊兵器はなかったよね。もし、ブッシュ元大統領がイラク攻撃をしなかったら今日のようなISの誕生はなく、テロと紛争と難民はこんなに拡大せずに長く続かなかったろうと考えられているよね。さらに貧困と格差の広がる中東やアフリカの国々で、さらなる困難に押しやられている難民の悲劇もこれほど広範囲に増え続けなかったよね。そこから見えることは、あの国は〝悪〟とレッテルを貼る国も〝悪〟を共有しているということだよね。

話しが戻るけど、さっきの共謀罪、権力や体制にものを言う人々を〝悪〟と決めつけ、捜査当局が監視し、逮捕し、拘禁し、命を奪い、国民を萎縮させ、表現の自由を奪い、デモや集会をさせないことが目的なんだよね。コンフォーミスト（自分の意見は言わない。体制・

権力には黙って従う。邦訳・お上には逆らわない）教育の徹底だね。このような法律を強行採決した日本の政治家も、実はブッシュ元大統領と同じ〝悪〟に染まっているよね。このような政治家に票をいれる人々も同じ〝悪〟を抱いているんだろうかね。

どう考えても時代逆行の悪法なんだよね。組織犯罪処罰法改正案についてさっきも言ったけど、国民だましのネーミング、テロ等準備罪として国会に出して審議したら、テロとは関係のない法案であることがばれて、今度はテロという言葉の出てくる〝テロリズム集団その他の組織的犯罪集団による実行準備行為を伴う重大犯罪遂行の計画〟という長たらしい名称にして閣議決定で付け加えてしまったよね。安倍政権は、日本を戦前の治安維持法の時代に本気で戻そうとしているんだね。

日本の刑法は犯罪実行後に処罰が決まる原則なのに、これでは準備行為の段階で、しかも対象にその他をつけ加えてしまったので、警察やこれから拡大される捜査当局による市民監視が自由に無制限になる危険が生まれてしまったよね。そもそも日本の現行法の殺人予備罪や爆発物取締罰則などで、テロに対して対応できると専門家の指摘があるのにね。恐ろしくって死んでなんかいられないよ。

国連の人権理事会のジョセフ・カナタチさんたちが日本政府に特別報告をしたよね。一つ目は計画、準備行為が抽象的で恣意的解釈が可能である。二つ目はテロと無関係なものを含んでいる。三つめはプライバシー保護の取り組みがない。これに対して日本政府の回答は、日本政府として速やかにご説明する用意があるとして、次のように回答したんだ。一つ目に対してはまったく当たらない。二つ目に対しては、あなたたちは個人の資格であり、国連の立場を反映していない。三つ目に対しては一方的な意見である。国連への日本政府の態度はどこか異常だよね。

強行裁決後もカナタチさんは来日して、すでに共謀罪のある国に比べてプライバシーの権利保護が日本の法律のどこに見い出せるのか示されていないと指摘したよね。

政府にもの言う国会前の集会をテロと同じだと言った政治家がいたよね。これが今の日本の国家権力の本音なんだろうね。ものを言う市民を弾圧する戦前に完全に戻ろうとしているよね。共謀罪のあるアメリカでも9・11は避けられなかったよね。これが世界の現実だよね。なぜだと思う？　テロの根本的な原因である貧困と差別の解決策より、力で押さえつけることに傾いているからだよね。

政府にものを言わせないために、集会やデモの計画や参加者を拘束している国が世界中で増えているよね。資本主義や社会主義が行きづまり、民主主義が危機に瀕しているんだね。

さて、話を戻すよ。ジャパンハンドラーって知ってる？」

「まあ、少しは知ってるよ」

「そう、よかった。リバランスが出てちょっとして、二〇一二年八月に三回目の対日要請、アーミテージ・ナイ・レポートが出たよね。

おい日本よ、『秘密保護法』を、おい日本よ、『国家安全保障会議』を、おい日本よ、『武器輸出三原則を骨抜き』に、おい日本よ、『集団的自衛権』を、おい日本よ、『ホルムズ海峡封鎖時の機雷掃海艇派遣』を、おい日本よ『シーレーン防衛』をと、『対日要請』に全部あるんだよ。さらに、おい日本よ、『原発再稼動』をとまではいっているんだよ。日本の原子力村がアーミテージ側に要請したのではないかと外務省の元国際情報局長の言葉が新聞に載ったけど、大問題になると思ったらまったく問題にならない。どうしてだろうね？ 無視されたままって日本の危機を表していないかい？ 原発再稼動以外にも、すべてアーミテージ側と事前の打ち合わせができていたんだと考えられるよね。

二〇一四年七月一日午後五時過ぎ、首相官邸で集団的自衛権を閣議決定すると、二週間後にアーミテージ一行が、よくやった。さあ、これからだぞと言わんばかりに首相官邸を激励訪問したときの写真も公表されているよね。その後、日本から勲章まで送っているんだよ。

その意味するところわかる？

それはアーミテージと安倍首相の目的が一致しているからだよね。アーミテージは、リバランスのために日本の軍事化がどうしても必要であり、もともと日本の軍事化を狙っていた安倍首相はうまい具合に背中を押してもらったんだね。でも両者にとって最終的にじゃまなのはなんだと思う？　そう！　憲法９条だよね。アーミテージは前から日本の憲法９条はじゃまだと言っていたんだよ。

じゃあクイズを出すよ。三回目の対日要請であるアーミテージ・ナイ・レポートに、おい日本よ、ＴＰＰを批准しろがないのはなぜだと思う？」

「それは四か月後の二〇一二年一二月の総選挙で〝ウソつかない、ＴＰＰ断固反対、ブレない〟という自民党のポスターからわかるよ。第二次政権復帰を目指す選挙対策で、載せない方が有利であるとアメリカとの事前の打ち合わせで同意してたんだろうね」

「おお、同感。選挙が終わったらポスターの内容など日本人はすぐ忘れるから、そしたら大筋合意でスタートして数年後には全面合意と決めてたんだろうね。広大な農地を持つアメリカやオーストラリアからの輸入がはじまり、関税がゼロパーセントでは日本の農業は衰退するよね。自給率が下がり、気候変動によって輸入食品が高騰したら心配だから、選挙のポスターではTPP反対を掲げたんだね。

あのTPP、交渉経過が秘密って最悪だよね。アメリカの強引さや言いなりの日本を隠すのが目的だよね。大筋合意がノリ弁当の資料で一部がやっと明らかになり、三つの危険な条項が日本に押しつけられたことがわかったよね。まずは農作物の関税撤廃の危険。ISDS（投資家対国家紛争解決）条項で、日本政府が、アメリカの企業に訴えられる危険。SPS（衛生食物検査措置）条項では日本の食の安全が脅かされる危険。黒船来航時の不平等条約と同じだと言われているよね。様々な分野から八九〇人の学者が集まって、TPP参加交渉からの即時撤退を求める大学教員の会が立ち上がったこと知ってる？」

「いやあ、知らなかった……」

「そうだろうね。記者会見を開き、全国紙六社をはじめマスコミが集まったのに、翌日の報道は日本農業新聞としんぶん赤旗だけ。日本の未来にかかわる大問題について、様々な分野のスペシャリストが立ち上がったのに、日本のマスコミは無視したんだよ。これが現代日本のマスコミの実態なんだよね。その裏には何があると思う？　活字離れなどで購読者が減少している新聞社は経営維持のために、権力側と定期的に会食をしているマスコミ幹部の姿があるよね。ジャーナリストの使命である権力の監視役が危うくなっているんだね。軍国主義の旗振りをした戦前・戦中の反省が消えつつあるという危険な現実。さらに、記事の内容ではなく、景品で購読者を増やしている論外の新聞社もあるよね。怖い時代が進んでいるんだよ。日本の新聞社は大きくなりすぎた組織を維持するために、権力と広告主の言いなりになりつつあるんだね。もう一度、ゼロからやり直すときがきているかもね。組織の小さな地方紙ががんばっているよね。読者が早く気づいて日本を救ってほしいね。

マーティン・ファクラー（ニューヨーク・タイムズ前東京支局長）さんの『安倍政権にひれ伏す日本のメディア　世界から見たＡＢＥ　ＪＡＰＡＮの危うい正体』という本が出版されたよね。

ああそうそう、総選挙時の〝ＴＰＰ断固反対　ぶれない　ウソつかない　自由民主党〟と書かれたポスターを国会で野党の議員が首相に示し迫ったんだよ。そしたら、『私は、ＴＰＰ反対とは一度も言ったことは有りません』との答えがあの世にも伝わってきたんだよ。これで安倍政権は終わりだと本気で思ったよ。そしたらその後なぜか問題にならない。今でもわからないいんだよ。誰かあの世の俺にも教えてほしい。国会答弁で、役人の書いた〝云云〟を〝デンデン〟と読みちがえたのとはわけがちがうのに、問題にならない日本は本当に心配だよ。

ところがトランプ大統領は、二国間貿易協定の方が有利にやれると気づき、ＴＰＰから永久離脱して動きだ出したよね。二回目の日米経済対話がワシントンであり、日米自由貿易協定（ＦＴＡ）に向けての話し合いの文書に、なんと両国のエネルギー連携に関連して民生用原子力（原発）が将来成果が上がるようにとの期待感が述べられているんだよ。原発ゼロを求める半分以上の日本人の心が無視され、日本の原子力村と足並みをそろえようとしているよね。軍事と同じだね。兵器を売りつけるアメリカと軍拡路線の安倍政権との足並みがあってしまったのとね。ちょっと、長くなっちゃたけど寝ていない？」

「大崎駅を出てからどの辺からかな、寝てるとは思うけど」

「そうか、ごめん、ごめん、夢の中で会っているんだもんね。さて、今までのところでなにか意見ある？　なければ続けちゃうよ」

「……」

「さて、日米同盟の強化の中で、アメリカは自衛隊との指揮命令系統、訓練、装備の一体化を進めているよね。ところで、アメリカ軍はこの三つの一体化の中でどれを一番優先しているのか？　さっき言ったけど、テストするよ」

「それは、最初のじゃない」

「大当たり。アメリカ軍の指揮・命令系統が自衛隊に機能しなければ、アメリカ陸軍の削減に自衛隊がとって代われないからね。自衛隊も、指令系統を陸上総隊司令部（仮称）に統一し対応をはじめているんだよ。

基地だけど、まず岩国基地に空母接岸可能な港と二四〇〇メートルの滑走路があり、横須賀基地と空母、厚木基地と艦載機六〇機を共有しているんだ。世界ではじめてF35Bもアメリカから一〇機配備されて、最終的には嘉手納基地を超える数になり、東アジア最大の航空基地へと地元の反対を無視して作り代えようとしているんだよ。なぜだと思う？ 平壌までの距離が嘉手納基地からは一四三〇キロメートル、厚木基地からは一二七〇キロメートル、岩国基地からは七九〇キロメートルと一番近いんだよ、だから朝鮮半島への出撃拠点にしようとしているんだね。

ところで最近（二〇一八年三月）、岩国基地所属のF35Bが東シナ海で、佐世保基地配備の強襲揚陸艦ワスプにはじめて着艦したとアメリカ海軍が発表したんだよ。着着と進めているね。

また、四二機の購入が決まっているF35Aステルス戦闘機は、青森県の三沢基地に二〇一八年に一〇機が配備されて新しい飛行体が編成される予定なんだよ。ところで、F35

は無理な軽量化のために事故を起こしたの知っている？　最近も製造過程でトラブルが続いているんだよ。値段がＦＭＳ（有償軍事援助）契約、つまりアメリカの言いなりで、軍事費がますます膨れあがって大変なことになるよね。これでほんとうにいいのだろうかとみんなが考えなければね。時間があったら後でね。

そして、オスプレイ。千葉県の木更津に年間四一機が飛来する定期整備拠点がつくられてしまったんだよ。これも時間があったら後でね。辺野古新基地。もう限界という沖縄の人々の声を無視し、ジュゴンを追い出し、珊瑚礁を破壊し、東京ディズニーランドの二倍の広さ、洋上一〇メートルの高さに進入灯東七八〇メートル、西四二〇メートルを備え、一二〇〇メートルと一八〇〇メートルのＶ字型滑走路。一〇九メートルの航空用の燃料運搬タンカー接岸桟橋。佐世保基地と共有するために二五〇メートルの強襲揚陸艦が接岸するための護岸。普天間飛行場にはない航空機に弾薬を搭載したり下ろしたりするエリア。ヘリパット四か所。艦載機、オスプレイ、海兵隊の訓練を伊江島の補助飛行場と連携して行ない、海外出撃能力をアップしようとしているんだよね。費用一兆円は全額日本持ちで強引に工事を進めているよね。岩礁破砕許可が切れているのに無視しているよね。軍需産業ばかりでなく、大手ゼネコンと地元の建設業者が工事を請け負っているの知ってる？

ところで、狂犬とか荒くれマティスとか言われたトランプ内閣の新国防長官が、安倍首相に普天間飛行場の移転先についてこう言ったんだよね。『二つの案がある。一に辺野古、二に辺野古だ』と。二つという言葉に、オッと一瞬感じた後、一に辺野古、二に辺野古という言葉に出会い心が固まったと思う。この言葉で笑いがとれると思い、笑顔で話せる心のマティス、一緒に笑える日本人。両者とも沖縄の人々の心を蹂躙していると思わないかい？　軍事力という暴力を優先し、沖縄を見捨ててもしかたないと考えているのだろうね。

そうそう、沖縄への悪口が最近特に目立つね。日当をもらっている、過激派、反対派の連中、過激派デモの武闘派集団、シルバー部隊、土人、日本語話せますか、自作自演、触るな、けがれる、抗議活動の中核は中国の工作員、中国、韓国からきている。それで何人死んだんだ？　ってね。悲しいね。

一九七二年から二〇一六年の四四年間で、アメリカ軍人・軍属による犯罪五九一九件。月一一・二件。殺人・強姦などの凶悪犯罪五七六件。月一・〇九件。アメリカ軍機事故七〇九件。日本の面積の〇・六パーセントしかない沖縄に、アメリカ軍専用基地が七〇・六パーセントもあるんだ。

日本国憲法はアメリカの占領下時代につくられたものであり、日本は主権国家として二〇一二年四月の自民党憲法草案にそった、集団的自衛権を行使できる自衛軍を明記した憲法に変えるべきだと石破さんは言っているけれど、どう思う？」

「説得力がありそうだけれど、なにかちょっとちがうんじゃない」

「そうだよね、いまでもアメリカの言いなりの占領下日本だよね。墜落して四〇人以上も亡くなっていて、未亡人製造機と言われる垂直離着陸輸送機オスプレイＣＶ22がなんと東京の横田基地にまず五機配備されるんだって。アメリカ本国では人口密集地では飛ばさないのにね。差別だよね。占領下だね。沖縄はすでに海兵隊使用のオスプレイＭＶ22を二四機も配備されているんだよ。石破さん、改憲しても主権国家にはなれないですよね。その原因はなんですか？　安保条約の地位協定ですよね。これを見直さなければ改憲してもなにも変わらず、占領下のような危険な状態が続くことが明白だからですよね。ドイツは冷戦後、アメリカとの地位協定を見直したんだよ。日本もできないことはないと思うよ。石破さん、改憲ではなく、まずは地位協定の見直しこそが主権国家のやるべきことではないですか。

戦後、一貫して平和と民主主義を求め、非暴力で闘ってきた沖縄の人々の心に、天空から感謝と謝罪の光が射しているような気がしているよ。

さて、最後の三つ目の暴走エンジンは財界だ。リーマンショック後、世界は金融緩和政策にはいったよね。そして今、アメリカは出口政策にはいり、ＥＵもそうだね。でも日本はまだ。日銀が弾切れのまま景気後退にはいると、円高の進行を止められないという危険が生まれてくるんだよね。

現在の日本企業の資本は、三割から四割が外資と言われているよね。外資は経営者に三つのことを要求するよね。一つ目は配当金、二つ目は株高、三つ目は自社株買い。経営者は株主総会で地位を守り、高収入を確保するために三つの目標に当然向かう。

知ってる？　日本の経営者は年間報酬を上げに上げているんだよ。東京商工リサーチの発表だと、上場企業の役員報酬の開示がはじまった二〇一〇年三月には、年間報酬一億円以上の役員は二三三人だったのが、二〇一七年三月には、なんと四五七人と二倍近くになっているんだって。そのため次のようなことをやっているんだね。

一つ目の配当金、一円でも多く株主に提供するために、なんと言っても労務費削減が考えられる。生涯派遣法を政府につくらせ、とうとう四割近い非正規雇用を生み出し、さらにはサービス残業、長時間労働、ブラック企業で労働者の実質賃金を上げないよね。貧富の差がどんどん広がっているんだ。金融資産（現金預金・有価証券など）をもっていない家計が三一パーセントを超えている現在、政府は賃金を上げるよりも、法人税減税をしようとしているよね。法人税の納付額から見た実効税負担率は、まさに『税金を払わない巨大企業』(富岡幸雄著)が実態なんだよ。さらに法人税から研究開発費を控除する特典を受けている大企業があるんだよ。

二つ目の株高は、内閣支持率は株高に比例するという考えから生まれた政府の操作によるものだね。日銀と年金積立金管理運用独立行政法人(GPIF)に、株価指数連動型上場投資信託(ETF)を購入させ、日経平均株価を一〇パーセント程度底上げし、日銀が筆頭株主の企業も増えているだ。そもそも、株価を人為的に変動させて自然な需給を装い、利益を図ろうとする相場操縦は法律違反なんだ。日銀とGPIFに上場投資信託を購入させ、安倍内閣の支持率アップという利益を図っていて、法律に触れないようにしているとしたらどうしようもないことだよ。

おまえは年金生活者だよね。GPIFから委託を受けた運用会社がね、軍事部門の売り上げが世界の一〇位以内の企業の株式をすべて購入しているんだ。上位一〇〇社で見ると、三四社の株を保有しているんだ。その中に核兵器を製造している企業もあるんだよ。許せない。いまこそ世界は核兵器禁止に向かって、国連からの平和の波をさらに大きくして核兵器こそが人間にとって最も非人間的な絶対悪の大量破壊兵器なんだと声を上げはじめたときにもかかわらずだよ。特に広島、長崎、ビキニ環礁での被爆の地獄を心に刻んでいるはずの日本だからこそ、核兵器廃絶に向かって声を上げ続けないといけないと思うんだ。いつまでたっても隣国の脅威を煽り、核兵器の抑止力を主張して軍需産業と二人三脚を続ける国々に未来は見えないよね。せめて、核兵器製造企業の株は年金積立金で買わないでほしいね（SIPRI・ストックホルム国際平和研究所が公表）。

三つ目の自社株買いは五兆円以上もあるんだ（二〇一五年時点）。発効済株式総数が減り、一株当たりの価値が上がって株高になるから株主は売買益が増えて歓迎なんだね。

また大企業は、内部留保をため込むだけで賃金は上げない。社会保障の増加分も抑えに抑えさえて年金もカット。そして国民健康保険料が一九八〇年代から二・四倍に上がっているのに、さらにまた上げようとしているんだよ。国保加入者の八割が非正規雇用や年金生活の低所得者なのに、これじゃさらに生活費は抑えられて消費が冷え込み、デフレ脱却は到底無理だろうね。日本の実体経済は衰退していくばかりだ。来年の消費税一〇パーセントへのアップは低所得者を直撃するのでやってはいけないことだよね。

わかっていると思うけど、アベノミクスは日銀が金融機関の持っている国債を買い上げて、銀行はその金を企業に貸しつけて設備投資などで景気が上向き、賃金アップになるというトリクルダウンは失敗だった。でも、検証もしないで新しいアベノミクスを発表したんだ。アベノミクスはガラスのアゴだってアメリカのウオール・ストリート・ジャーナルに出たの知ってる？

さて話し戻すよ。配当金や株高操作や法人税減税などの財界寄りの政策を推し進める見返りに、財界の総本山と言われたこともある経団連は政策評価で与党を高く評価して会員企業や業界団体を促して、企業団体献金とパーティー券購入などをしているんだよね。これって財界による政治の買収じゃない？

経済財政諮問会議に経団連が出席し、高齢化社会の医療費や年金などの社会保障の自然増加分一兆二〇〇〇億円の半分以下である五〇〇〇億円よりもさらに抑えるようにと具体的な提言までして圧力をかけているんだよ。こうして財界と政権は二人三脚で軍拡や土木、原発や株高に税金をつぎ込んでいるんだね。このままでいいはずないよね。

日銀のバランスシート見たことある？　当座預金は資産だから、普通は借り方にあるんだけど、日銀のバランスシートには貸し方にあるんだよ。日銀が国債を買い上げたお金は金融機関にいくけど、その後に民間に流れないためにそのまま日銀の当座預金に溜まっているんだね。日銀にとっては借りていることになり、負債として貸し方になるんだ。貸し方に溜まっている金融機関の当座預金二六〇兆円のうち、まずは一〇兆円についてマイナス金利として〇・一パーセントにあたる一〇〇億円を金融機関に要求して日銀から引き上げさせたんだね。今までは二六〇兆円の〇・一パーセントの金利二六〇〇億円は、日銀から金融機関に支払われていたことになるんだね。この支払われてきたお金は結局のところ誰のお金だと思う？

もっと怖い話をするよ。政府発行の国債を歯止めなく買い続けるのは世界で日銀だけなんだ。破綻に向かって先頭を走っているんだよ。海外は日本を崖っぷちとか炭鉱のカナリアと注視しているんだよ。

二〇一四年の年末に選挙があったよね。その二か月前、ＧＰＩＦの役員を全員いれ替えて、年金積立金の株への投資を五〇パーセントまで引き上げてしまったよね。リスクの高い株への投資はご法度なのは世界の常識にもかかわらずだよ。これってさっき言ったけど、株高は、内閣支持率に比例するという考えにしがみついて、株高を捏造して選挙を乗り越えるためだよね。そして、とうとう年金生活者へ恐ろしい政府答弁があったんだよ。海外事情などで株安になって年金積立金が減ったら、将来は年金給付の削減の可能性もあると国会で答弁したんだよ。年金生活者にはこんな恐ろしいことはないよね。生きていけなくなるよね。さらに若者の将来を考えると、国民年金の掛け金を払えない若者はさらにどうなるの？　戦慄を覚えない人はいないと思うんだけどね。

ついでに話すけど、トランプ大統領への安倍首相の土産の日米成長雇用イニシアティブのインフラ共同投資とＧＰＩＦ資金活用は、政治介入により、ＧＰＩＦのリスク判断を鈍らせ、専門家はこれは危険であり、手を出すべきではないとはっきり反対しているんだよ。怖いよね。そもそも、年金積立金の五パーセントまでインフラ投資などを可能にしたオルタナティブ投資っていつ決めてしまったの？　こんな大切なことが国民に広く知らされていないのっておかしいと思わない？

政治献金の見返りに、株高捏造は安倍政権が破局するまで日銀にやらせるつもりだろうね。この政権が支持率を失い、できるだけ早く表舞台から消えることは日本のため、世界のためと思わないかい？　そのためになにが大切だと思う？　そうだよ、選挙の投票率アップしかないよね。

上野だね。戦後、長い間人々の夢と望郷の思いが行き交った駅だね。君がおりる駅がだんだんと近づいてきたね。先を急ごう。

暴走政権の三つのエンジン、安倍政権とアメリカと経財界の恐ろしい一致点を話させてもらうよ。

一九五〇年代、アメリカの企業収益に占める製造業の割合は六〇パーセントだったのが、二〇〇〇年代にはたったの五パーセントに転落してしまったんだよ。それなのにアメリカの軍需産業は世界一を維持している。二〇一六年の世界の軍需企業の売り上げは、四二兆五四〇〇億円。そのうちアメリカは前年比四パーセントアップで、世界の六割も占めているんだよ。世界全体でも前年比二パーセントアップしてることも忘れてはいけないよね（SIPRI発表）。まさしく軍事依存経済だよね。兵器を世界中に売る必要のあるアメリカの支持を取りつけるために、安倍政権はアメリカから兵器を買うんだね。最近もイージス・アショア、グローバル・ホーク、巡航ミサイルなど、どんなに高くても購入するための関連予算を計上しているんだ。購入が決まっている次期戦闘機F35Aの四二機のうち、三八機は元石川島播磨重工業、現在のIHIがエンジンをつくり、三菱電機がレーダーをつくり、三菱重工業がラインを受け持ち、さらに四二機以上になる可能性もあるんだよ。ところがアメリカ国内では、一機一〇七億円なのに対して、日本では一四七億円と四〇億円も高いんだ。理由は初の国内生産のため初度費が一四六七億円もかかることと、部品が国内で製造できないためアメリカから輸入するためなんだ。その価格はFMSでアメリカの値段を受けいれ、四〇億円も高いんだよ。こうして軍拡は軍需産業だけを栄えさせ、日本の経済は疲弊して国民を不幸にするんだ。本当にこのまま進んでいいのか、日本人一人一人に問われているよね。

知ってる？　オスプレイの値段も当初の八〇億円台から一〇〇億円前後と信じられないほど上がっているよね。しかも維持費が一機あたり年間で一三億円。あのイスラエルでさえオスプレイの購入を中止したんだよ。すでに墜落して四〇人も亡くなっていて、未亡人製造器と言われているんだ。欠陥商品の在庫整理みたいなオスプレイを世界で日本だけが購入を続けている現状。東京湾の木更津に富士重工業が定期整備拠点をつくり、すでに普天間基地から整備に飛んできているんだ。

オスプレイは五年に一度、分解点検をするんだ。整備期間は三、四か月をめどに行なわれているにもかかわらず、一〇か月も経つのに整備の完了の見通しが立たずに不明になっている機体があることがやっと発表されたんだよ。五年に一度、三、四か月のこの計画はうまくいっていないんだね。原因はなんだろうね？

それにもかかわらず、普天間基地の二四機、佐賀空港の一七機（反対運動のため現在停止中）、そして今年の夏（二〇一八年）に横田基地に正式に配備される五機（将来は一〇機）が整備のためにこのままだと飛んでくるんだよ。反対の声を上げ続けなければね。

防衛省とアメリカ軍と富士重工業の覚書が県と木更津市から発表されたけど、その中で試験飛行は東京湾南部と相模湾上空で行ない、事前に計画を提出して日本側が承認した空域を使用するとあるんだけれど、その後が問題。〝同時に必要なときには上記手続きによらない権利を留保する〟とあるんだよ。結局アメリカは、自由にオスプレイを試験飛行するんだよ。日米地位協定が問題なんだ。

危険だよ。木更津から西へ二〇キロもないところに羽田空港があるんだよ。そして、横田基地に配備予定（最長三年延長と二〇一七年三月発表、二〇一八年四月に五機配備）のCV22型は、低空飛行、夜間飛行を行ない、一〇万飛行時間あたりの事故率が従来の輸送ヘリCH46に対してどのくらいだと思う？　なんと七倍以上だよ（現在は発表せず）。ちなみにMV22は二・六倍。

安倍首相は、日本人の命と暮らしを守るためと繰り返すけどよく言えるよね。本当に日本人の命と暮らしを守るならば、いくらなんでもオスプレイを横田基地のような人口密集地では飛ばせないはずだよね。事故が起これば大惨事になって取り返しがきかないよね。航空法には離着時は管制指示に従うこと、通行秩序の規定を守ることなどがあってアメリカ軍も守らなければならないことが原則なんだけど、日米地位協定による特例法によって航空法6条の飛行禁止区域や、最低安全高度などの安全規定が適用されなくなっているんだよね。沖縄では、一九七二年から二〇一六年までの四四年間でアメリカ軍機事故が七〇九件も起きているんだよ。一か月に一・三件も起きている計算になるんだ。なにが元凶か明白だよね。

そんな日本なのに軍事費が毎年膨れ上がっていくよね。死の商人は仕事を増やし、雇用が増加して家族や親類、関係者をいれると、軍需産業肯定の人口がどんどん増えていっているんだろうね。

日本政府は武器を安全装置、輸出を移転と名前を変えて武器輸出三原則を緩和してしまった。防衛省の外局に防衛装備庁を一八〇〇人体制でつくり、企業・研究所・大学での武器の開発・製造・輸出に対して助成金をつけて後押しをはじめたんだ。軍産学協同体だね。日本学術会議が反対しているけど、企業の受けいれが増え出したね。いよいよと思うとゾッとするね。

政府は財界人を引き連れて、兵器と原発のトップセールスを海外ではじめているよね。日本の経済を軍事と原発で支えようとしているんだ。さらに防衛装備庁は、二〇一七年の夏からアジア諸国との二国間の官民防衛産業フォーラムをインドネシア、インド、ベトナムで開き、日本の軍需企業と相手国の企業とのマッチングをはじめたんだよ。これって本当に許されると思う？」

「いままでは、保守系の政治家にもそんな軍拡政治は反対とブレーキ役がいたのにね」

「そうだね。ただ、戦争を知っている人たちの数が減り、みんな高齢になり、第一線から退いてしまったからね。

アメリカの軍事専門誌（ミリタリー・タイムス）に掲載されたんだけれど、平均年齢二九歳の若い現役アメリカ兵二二〇七人へのアンケートの結果、軍事介入反対はなんと五五パーセント、賛成は二三パーセントなんだ。元アメリカ陸軍兵の言葉に『この一五年間の戦争に従事した者で、銃で民主主義が可能だと考える者はごくわずかだ』とあるんだ。アフガニスタンやイラクに平和も民主主義も生まれていないよね。逆にテロや紛争、難民を生み続けている現実は、軍事介入がいかに非人間的なものであるかがわかるよね。兵隊たちも心的外傷後ストレス障害に悩み、アフガニスタンやイラクからの帰還兵の自殺者が一日平均すると二二人。戦死者を超えてしまったと言うんだよ。もう限界を超えていないかい？　この事実にアメリカも世界も向き合わなければならないときにきていると思うんだ。

北朝鮮を例に挙げると、金正恩がなぜ、核保有だけが世界で生き延びれる道と考えるようになったのか、北朝鮮の近現代史を無視して国民に恐怖感を煽り、軍拡競争を推し進めるだけで、将来どのような解決策があるのかを国民に示していないよね。

さあ、君の降りる有楽町が近いね。最後に本当のことを言おう。

自民党や共産党なんてどうでもいいんだよ。資本主義や社会主義もね。菅原文太を知ってるだろ？　銀幕スターという印象しかないかもしれないけど、こんな一面もあったんだ。

ある秋の日の夜、病院を抜け出して、日比谷野音で菅原文太の最後を見たんだよ。『国は、二度と国民を戦争に駆り立ててはだめだあ、国は、二度と国民を飢えさせてはだめだあ』と、鬼気迫るスピーチを終えると、ゆっくりと舞台の裾に消えて、数か月後に亡くなったんだ。人生の最後をかっこよく締めくくってくれたよ。本物のスターだね。

さて、戻るよ。国の目的は菅原文太が言ったことだよね。政党や資本主義、社会主義などは目的実現のための手段だよね。人間は手段である党派や資本主義、社会主義にレッテルを貼り合って大切な目的について思考停止しているところがあるよね。

例えば、手段である資本主義では国境を越えて金が走り回り、多くの問題を起して目的である人々の生活をスポイルしているけど、手段の問題点の解決を世界のリーダーたちは放置しているよね。伊勢志摩サミットが行なわれたけれど、準備や警備にお金をかけた割にはなにを決めたの？　世界の貧困と差別を拡大させているタックスヘイブンをなくすために、世界がどのように協力して一歩を進めようかという一番大切なことについて話しを進めた？

無責任なリーダーたちの観光旅行みたいだったね」

「タックスヘイブンは資本主義経済のガンだって言っていた人がいたね」

「たしかにそうだね。早期ガンから、一九八〇年代以降の経済のグローバル化と、スーパーコンピューターの発達などで、タックスヘイブンの規模が急膨張してしまったんだよ。末期ガンだね。格差と貧困と差別によって世界中が紛争とテロと難民の問題を抱え、形を変えた第三次世界大戦の原因の一つと言われているよね。

二〇一八年三月、G20がアルゼンチンで開幕し、共同声明にタックスヘイブンの対策があったよ。世界規模で公正で現代的な国際課税システムのための取り組みを続けるって」

「そう、世界のリーダーたちがいま、一番取り組まなければならないことだよね。税逃れをしている多国籍企業から政治献金をもらっているのなら、トランプさんは返還し、資本主義社会を守るリーダーになってほしいね」

「G20が二〇一九年に大阪で行なわれることになったよね。再び無責任リーダーの観光旅行にならないように、国民はしっかりと監視する必要があるよね。

TJN（國際NGO・タックス・ジャスティス・ネットワーク）の発表だと、多国籍企業による全世界の税収損失は五七兆円。アメリカだけでも二〇兆円以上。富裕層による税収損失は二二兆円。本当に〝アメリカファースト〟なら、しっかりとリーダーシップをとって法人税・所得税の取り立てに範を示して資本主義を守ってこそだよね。現在、国際的合意が形成されている税逃れ（ＢＥＰＳ）対策で、子会社情報を記載した国別報告書を税務当局に提出する措置が決まっているのだから、もう一歩踏み込んで一般公開をトランプ大統領は第一に取り上げるべきなんだ。安倍首相も一般公開の反対はやめて、公平な納税で資本主義の未来を守らなければと思うんだけど、今のところまったくその気はないようだね。

しかし、希望はある。二〇一六年の参院選挙。目的のために手段である野党が、三二の小選挙区で統一候補を立てて共闘を実現させて、一一選挙区で勝利したよね。特に新潟県で一つの範が示されたよね。

たくさんの人が選挙で政治を変えようと立ち上がったよね。若者もママも。そして、高齢者もね。これからだよね。そしてとうとう、安倍政権が揺らぎはじめたね。安倍首相は臨時国会で冒頭の所信表明演説もしないで、突然、衆院解散・総選挙の表明をしたね。その意味は明白だよね。森友・加計疑惑の追及を避けて、低投票率と死票製造器の小選挙区制を利用して勝てると読み、逃げ切ろうとしたんだよね。でも選挙に勝っても負けても問題の質がちがうんだから、選挙に勝っても森友・加計問題については国民の理解を得ることができましたとは言えなかったよね。

前原誠司さんは、まず、しっかり話し合いをさせてくださいなんて言ってたと思ったら、たちまち希望の党への大移動。でも失敗だったね。排除とか踏み絵なんかではなく、最初からおかしかったことにいくらなんでも国民が気づいたんだよね。

希望の党っていったいいつ頃から計画が進んでいたのかな。トランプ大統領に干されたアーミテージとの裏工作ではないだろうかって新聞に載っていたけどね。

話を戻すよ。二〇一六年二月一九日、あの寒い中、国会に集まった三五〇〇人の前で野党代表全員が安倍暴走政権から日本を守るという目標を共有し、野党共闘と選挙協力の誓いを市民の声に応えて全員述べたんだよ。そのことを市民は忘れていないよ。

今回の衆院総選挙で共産党は議席を減らしたけれど、市民と野党共闘を守り抜くために二八九の小選挙区から六七の候補が身を削って選挙戦を戦ったよね。その結果、共闘勢力は三八議席が六九議席になり、立憲民主党が野党第一党になり、日本の民主主義を守ったんだよね。

しかし、問題の核心は選挙の結果がどうあろうとも、どのようにして国有地の格安払い下げが起こったのか、日本人の多くが納得していないことだよね。選挙が終わったら、林文科相は、四月から加計学園がある今治市での獣医学部新設の認可を発表したけれど、二つの問題があるよね。

一つは決定のプロセス。国家戦略特区で加計学園に決定したプロセスには、前川喜平前文科省事務次官の〝ゆがめられたところがあり、不公平、不透明なところがあった〟という国会での証言の真相解明がなされたとは、多くの日本人が思っていないこと。

二つ目は、設置審が四条件について、どのような審議をしたかが国民に明らかにされないまま文科相が認定してしまったこと。憶えてる？

これは小さな問題なんかじゃないよね。日本の命運がかかっているよね。絶対に幕引きをさせないこと、国民が納得するまで追求の手を緩めないで、闘う本物の野党の政治家を市民が応援しよう。

「森友文書　書き換えの疑い」と、朝日新聞が三月二日に報道したね。野党議員は追求の力を加速させて、とうとう財務省は二〇一八年三月一二日に一四点の文書で数十か所の書き換えを認めて発表したね。書き換えで削除された部分には、安倍首相夫妻や複数の政治家、「本件の特殊性」などがあって改ざんだよね。改ざん前の原本には、昭恵夫人は三回出ていて、例えば問題の国有地を訪問したとき、「いい土地ですから、前に進めて下さい」や、森友学園への来訪記録の「学園の教育方針に感涙した」などの記述があったんだよ。

　麻生財務大臣は、文章改ざんについて「佐川前理財局長の国会答弁に合わせて決済文書を書き換えた」と認めたね。佐川前理財局長の国会答弁は、①交渉記録は破棄　②売却価格は適正　③価格交渉はなし　④政治家の働きかけなし　など、すべてが虚偽だったんだよ。これらの虚偽答弁に合わせるために、原本を二〇一七年二月下旬から四月に改ざんしたんだね。そして麻生財務大臣は「一部の職員が行なった、最終責任者は佐川」と発表したんだ。でも、佐川前理財局長が立場上改ざんした以外に理由がない。真の原因は別にあるよね。麻生財務大臣の言葉を信じる人はいないだろうね。さらに三月七日、財務省近畿財務局の五〇代の担当職員が自殺してしまったよね。言葉の圧力によって死に追い込まれた人や、家族の心中を考えると言葉も凶器だと思えるね。

「私や妻が関与していたら首相も国会議員も辞める」、安倍首相の二〇一七年二月一七日のこの言葉が唯一の森友疑惑のゴールだね。しかし、問題は一人一人がここからなにを学び、これからの日本にどういかすかだよね。

　さあ、君のおりる駅が近づいているよ。最後になにか言いたいことある？」

「震災で自衛隊が国民に存在感を高めたことを利用して、憲法9条1・2項のあとに3項を加えて自衛隊を明記する動きが出てきているよね。ありがとう自衛隊、憲法改正なんてね。もう一度話してくれない」

「そのとおりだね。安倍首相は、二〇一二年四月の自民党の改憲草案ではなく、日本会議の提案を受けいれて五月三日に発表したんだ。それは二つの理由によるんだよ。一つ目は八割の日本人が憲法9条1・2項のおかげで戦後戦争をしないでやってこれたことを評価していること。二つ目は震災時の自衛隊の活躍から自衛隊の存在をほとんどの日本人が認めていること。この二つを上手にドッキングさせて集団的自衛権という言葉を憲法上は明記しなくても、実際には晴れて憲法上自衛隊が集団的自衛権を行使できるようにしようと企んでいるんだね。

安倍首相はこう言うよ。

『国民の皆さん、安心してください、憲法9条1・2項はそのまま残します。そしてみなさん、いつまでもいつまでも自衛隊を憲法違反にしておくわけにはいきません。3項を設けて自衛隊を憲法に明記しようではありませんか。国民投票で国民のみなさんの判断をお願いします』

しかしこれには二つの罠があり、一つ目は後から加えた3項の方が、一・二項より法律上、優位に立てることを使って一・二項の空文化を狙っていること。

二つ目は日本会議の案で、3項の後ろに但し書をつけて、但し前項の規定は、確立された国際法に基づく自衛ための実力の保持を否定するものではないとし、さっき言ったように、この国際法は国連憲章51条を指し、自衛の中に集団的自衛権が含まれていて、但し書が認められてしまったら憲法に表記することなく、憲法上も集団的自衛権を有する国になるんだよね。これが9条1・2項を空文化する二つの罠なんだよ。これってペテン師のやることだよね。

いま、みんながやるべきことは森友・加計疑惑の追求の手を緩めないこと、そして安保法制は違憲と廃止になるまで言い続け、〝3000万署名〟で改憲発議をストップさせることだと思う。

自民党の憲法改正草案の恐ろしさを知っている日本人は、どのくらいいるだろうね。国民の上に国家を置き、国民は憲法を守れと、立憲主義をまったく無視した時代逆行の代物なんだよね。戦前回帰なんだよ。新しい政権と国民がどのような日本に向かうか、楽しみに見ているよ。さあ、有楽町だ。丸ノ内線に乗り換え霞ヶ関から、汐見坂へ向かうんだろう？」

「……」

「どうした？」

「大丈夫、わかっているよ」

「そうか。みんなで集まり、声をあげ続けてほしい。君や一人一人がやれることをやり尽くしてほしい！　たのむ、俺のぶんまでがんばってくれ。勘違いや同じことの繰り返しがあったかもしれないけど、言いたいことはわかってくれたと思う。たくさん聞いてくれて本当にありがとう。じゃあ、先に逝って待っている女房のところへ戻るからね」

目を覚ました仙太郎は、山手線から地下鉄に乗り換えた。そして霞ヶ関でおりて長い階段を登り汐見坂に向かった。声が聞こえてきた。

サガワ　サーン
ジショク　デ　マクヒキ
シナイデ　クダサーイ
アキエ　サーン
ドウシテ「ツライ1ネン」デシタノ
ハナシテ　ラクニナッテ　クダサーイ

コウタロ　サーン
「ワルダクミ」　ゼーンブ
ミトメテ　スッキリ　シマショウー

別の声が聞こえてきた。「なにを甘っちょろいことを考えているんだ。世界のすべての人が飢えないで生きられるだけの食料は地球にはない。人間のエゴイズムの根源はそこにあるんだよ。根は深いんだ。そうかんたんに我欲を否定することはできないよ。世界を見てみろ。金と暴力で成りたっているんだ。おまえだってモラトリアム時代は殺意を抱いたことがあっただろう」

仙太郎はしかしと思った。だからこそこのままでいいのだろうかと。

なぜダイナマイトの功罪からノーベル賞が創設されたのか。アインシュタインはなぜ涙を流し、湯川秀樹夫妻の手をとって広島・長崎への原爆投下を謝罪したのか。そしていま、スーパーコンピューターの使い方の功罪が問われていると思った。

アルゴリズム・トレイド（自動取引）とＨＦＴ（高頻度取引）を可能にしたコンピューター

は国境を越えて、株式売買益至上主義のマネーゲーム資本主義経済を生んでしまった。瞬間的な急落と混乱、フラッシュクラッシュも起こっている。

スペシャリストは人間のクズという言葉があてはまらないだろうか。

パナマ文書、パラダイス文書などが命がけで発表されている。オンショア（タックスヘイブン以外）の世界のトップ法律事務所と思われていたベーカー・マッケンジーが、オフショア（タックスヘイブン）法律事務所アップルビーにアイルランド政府が二〇二〇年までに廃止する税逃れの仕組みダブル・アイリッシュに代わる新しい税逃れスキームの検討を求めたことが暴かれた。根は深い。しかし、希望はある。正常な資本主義を命をかけて模索している人々がいるのだ。タックスヘイブンを本気で壊滅させるリーダーを世界中の人々が選挙で選ぶ以外に道はないことがはっきりしてきた。ホセ・ムヒカさんが「現代の課税逃れは最悪の汚職行為だね」と言ったという。

新自由主義の資本主義経済は、多国籍企業と富裕層の税金逃れを許し、累進課税を低く設定し続け、世界中で格差と貧困を生んで限界にきているのだ。戦後日本は高い累進課税のおかげで一億総中流を実現したのだ。現在、ＯＥＣＤ加盟国の平均的な最高所得税率は、二〇一五年で三五パーセントまで低下してしまった。過剰なまでに広がる世界の貧困と格差の問題に対して、ＩＭＦは断固たる措置として富の再配分について選択肢を提案している。地球上の根源的な食糧不足からくるエゴイズムに責任を負わせてすむ問題ではないと思う。

二つの大戦前が世界で格差が一番広がり、大戦後は格差が一番狭まったという。人間にとって最も愚かなことである戦争は、格差と貧困と差別からくる不安を他国への恐怖感に置き換えて生まれる軍事独裁政治によるものだ。ナチスが全権委任法によってドイツ共和国のワイマール憲法を事実上消滅させたように、今日の日本で安倍政権が狙っている改憲の中の一つ、緊急事態条項は、国防という名のもとに国会を停止させ、国民の自由や報道の自由を奪い、戦時独裁体制をつくって憲法９条を事実上消滅させるためなのだ。

いまこそ世界の最先端をいく憲法９条を持つ日本、唯一の被爆国日本こそが、人類の〝正気〟を世界に発信し続ける義務を担っているのではないのか。

汐見坂の交差点を過ぎた。塀の下に腰をおろした。国会が見える。あの中の八割の議員が改憲賛成だという。強引に自衛隊は違憲と決めつけ、憲法に明記しようとまっしぐらだ。ＥＵ離脱やカタルーニャ独立のイギリスやスペインの国民投票とちがって、最低投票率がなく、広告費が野放しの日本の欠陥のある国民投票法は、金の力で宣伝されて改憲ムードが盛り上げられる。国民投票への水面下での準備がすでにはじまっている。この流れにみんなが気づかなければ手遅れになる。

人が歩いてくる。左手にタンバリンを持った高齢の女性が一人、ゆっくりと歩を進めてくる。心に湧くリスペクトの思いに温さを感じながら、多くの女性が歩いてくるときがくることを思う。

太鼓の音がする。若者が自分の足で歩いてきた。力強い音が心に刺さった。誰も見ていない、溢れてくるものをそのままにした。そして言っていた。生きづらいと思う。でも、自分を責めないでと。グローバル社会の問題をどうしたら解決できるか、さあ、みんなで一緒に力を合わせようと。

そして思った。まずは、「武器を、核を、原発を、つくるな！　売るな！　買うな！　誰の子どもも、誰の孫も殺させない！」と。この思いはすべての人の心にあるはずだと。

一人一人の力は小さいが、やれることはある。集まろう。明るく、元気に、楽しく、もっと、もっと、集まろう。そして隣の人に話しかけて団結しよう。仙太郎は組合のことを思い出していた。人々はかつて企業内組合で育ったんだと。そして思った。団結こそが力なのだと。みんなの賃金が上がらなければ消費は伸びない。設備投資はない。大企業の組合から同調圧力をはねのけて忖度組合をやめ、賃上げのパターンセッター（先導役）に戻り、景気の悪循環から卒業し、大企業や株主だけが富める格差社会をストップさせて笑顔の溢れる日本にしよう。

流れる雲の白さが仙太郎を誘ってきた。流れの早さがときの流れの速さを想わせる。鳥になって飛んでこいと呼ばれる日が近づいてきているのだ。やがて、なにもかにもが離れていき、はるかに遠ざかって消えていくのだ。そして、宇宙のチリにもどっていくのだ。ならば、生きているいま、愛するもののために声を上げ続けなければと思う。あなたはなにを愛しているの？　と妻の声が聞こえた。あなたとあなたが生んでくれた娘たちだよと心の中で呟いていた。そして思った。すべて女性は宇宙なのだと。そして男はその宇宙に飛んでゆく鳥なのだと。

さあ、人々の声に耳を傾け、未来への愛を心にはぐくみ、いまを積み重ねてこれからこそが本当の人生と最後の最後まで生き抜くために、ときは残されてあるのだと言い聞かせよう。逆転満塁さよならホームランを３０００万署名で愛するもののためにかっ飛ばそう。そう、３０００万署名は愛の署名だ。戦前、戦中、そして戦後の焼野原と食料難の中で私たちを育ててくれた戦争の苦しさを心に刻んだ親たちの想いを、今度は子どもたちに伝えるときだ。

手製のプラカードを出す。

「若者よ選挙に行こう」

若者が未来に希望を持って、人間的に働ける社会をつくるためにはどうしたらいい？　コンフォーミスト（自分の意見は言わない）教育から抜け出し、投票率アップで政治を変えるためにはどうしたらいい？　世界に六〇か所もあるタックスヘイブンをなくすためにはどうしたらいい？　カギを握るのは元祖イギリスだ。大英帝国時代に英王家が巨額の財産を王領の島に移したのが起源なのだから。パラダイス文書は日本だけで約五兆円の税逃れがあると発表した。狙われている消費税アップ分に相当する。税逃れに手をつけないで、消費税一〇パーセントにすることは絶対に許されない。さあ、選挙で声をあげよう。

日本はこのまま進めば一〇〇パーセント、軍事独裁アメリカ言いなり格差貧困衰退社会へ向かってしまう。

雲に向かって言っていた。軍事独裁政権だけは、ゴメンですよねと。

「そだねー」とホセ・ムヒカさんが、雲の中でうなずきながら言った。そして続けた。

「ところで、人類と世界はいまどこに向かって進もうとしているんだい？」と。

あとがき

必ずくるのが定年と死。年月日の決まっている定年が、寸分の狂いもなく予定通りにやってきた。今度は年月日の決まっていない死がくるのだ。それまでどう過ごすかだった。いつの間にか、梅崎春生の『幻化』と大岡昇平の『野火』を原稿用紙に書き写していた。十年以上も前のことだ。表現されるものは愛でなければならないと言われる。書いた文章に愛が醸されただろうか。

人生の終盤にたち、不思議にも羞恥心がうすれ、東銀座出版社の猪瀬盛さんにご尽力をいただいて本にすることができた。感謝だ。

終章の「汐見坂」は、平昌冬季オリンピックあたりで終わっている。しかし、激しい政治の変化は続行中だ。

朝鮮半島の平和構築と日本の憲法9条が、東アジアで、アメリカで、ロシアで、そして世界で、人類を平和に向かわせるきっかけにならなければ、もう後はないと思う。

「軍需産業依存経済の政治」の実相には、「平和は敵」が潜んでいることが否定できない。

そのことに多くの人々が目をつぶっている。

Ｊアラートが凍結された。イージス艦３隻（一艦一七〇〇億円）の購入と、イージス・アショア（秋田県と山口県にミサイル迎撃地上設置、計四〇〇〇億円）も中止すべきだ。

北朝鮮は、非核化のスタートラインについたのだ。弾道ミサイルの実験もしないと宣言している。この平和への流れに逆行している。アメリカの言いなりになり、軍拡に従えば、日本は世界からの信頼を失うだろう。

辺野古新基地建設反対の座り込みに参加してそのことに気づいた。一兆円もかけて大手ゼネコンをはじめ、百害あって一利なしの基地建設を平和のためではなく、金のために推し進めているのだ。

第一次、第二次大戦から人類は何を学んだんだろうか。なぜ現在も紛争とテロが続くのか。平和のためと戦争を肯定する、あらゆるまやかしの考え方にストップをかける時がきていると思う。

「お父さん、お母さん、お子さんを愛していますか。本当に愛していますか。お子さんに、戦争をする国を残すことに賛成ですか。いま、日本は……」

目の前を親子づれが通るたびに最近繰り返す言葉だ。

街宣で、マイクがまわってくれば握らせてもらっている。三〇〇回を超えた。キンカンも二〇〇回を超えた。

二十代で亡くなった斉藤伸雄、三十代で亡くなった嶋田正之。人生を貫いて、時々話しかけてくる若くして亡くなった友人たちだ。最近、話しをすることが増えたような気がする。

本書の主人公の名を、嶋田仙太郎とした。仙太郎から「センター、ガンバレー」につなげた。そしてペンネームは、斉藤正之にした。

ご一読の方々には、恥ずかしさの混じった、感謝の気持ちが湧いてきます。

二〇一八年八月

斉藤《さいとう》 正之《まさゆき》

1944年1月生まれ

慶応大学商学部卒業。アルバイト経験後、サラリーマン生活

趣味はテニス（障害者テニススクール球出し手伝い）

カラオケ（医療生協カラオケ教室参加）

『山手線《やまのてせん》　定年前《ていねんまえ》のある日《ひ》、ふるさとへ向《む》かった』

2018年8月27日　　第1刷 ©

著　者　　斉藤正之

発　行　　東銀座出版社

〒171-0014　東京都豊島区池袋3-51-5-B101
☎ 03（6256）8918　　FAX03（6256）8919
https://1504240625.jimdo.com

印刷　中央精版印刷株式会社